봄·여름·가을·겨울 이렇게 멋진 날들

베네시아 스탠리 스미스 지음
카지야마 타다시 찍음
이은정 옮김

indigo
Story and mate

/ CONTENT /

VENETIA's
Story

It's
SPRING

베네시아의 허브 레시피

It's
SUMMER

베네시아의 허브 레시피

It's
AUTUMN

베네시아의 허브 레시피

It's
WINTER

베네시아의 허브 레시피

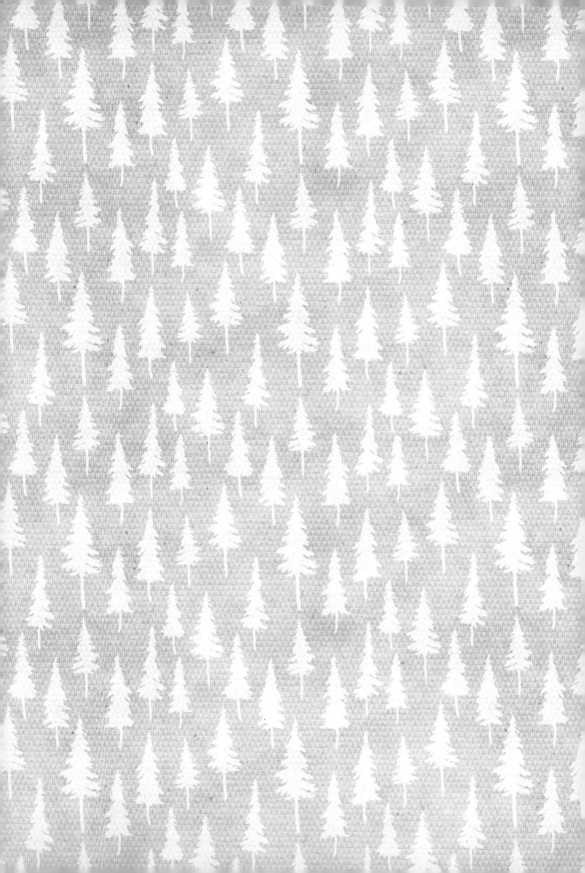

VENETIA's
Story

진정한 행복을 정원에 비유해 말한다면,
정원은 바깥세상이 아니라 내 안에 있습니다.

누구나 한 번쯤
동화 속에 나올 법한 성에 살면서
멋지고 용감한 왕자님과 사랑하는 꿈을 꾸죠.
나, 베네시아는 그런 성에 살았지만,
단 한 번도 만족했던 적이 없었습니다.

왕자님과 결혼해서 큰 성에 사는 것이 진짜 행복일까요?
나는 인생의 답을 얻기 위해 어느 날 갑자기 여행을 떠났습니다.

거대한 성 안의 공주

나는 영국 귀족 집안에서 태어나 어린 시절을 영국과 유럽에서 보냈습니다. 그리고 지금은 일본 교토의 시골 마을 오하라에서 살고 있지요. 왜 내가 여기에서 살게 되었는지, 지금까지 참 많은 사람들이 물었습니다. 진정한 행복을 찾아 세상을 돌아다니다가 우여곡절 끝에 오하라에 정착하게 되었다고 말하면 너무 시시한가요? 그래서 이 자리를 빌려 케들스톤의 대저택에서 오하라까지 이어진 긴 여행 이야기를 간추려서 들려드릴까 합니다.

내 어머니 줄리아나 커즌은 800년 이상 커즌 집안이 소유하고 있는 600에이커의 영지인, 더비셔 주의 케들스톤에서 스카스딜 백작 2세의 셋째 딸로 태어났습니다. 저택과 820에이커에 달하는 개인 정원은 18세기의 영국을 대표하는 건축가 로버트 애덤스가 설계했습니다.

제2차 세계대전 직후 사교계에 데뷔한 어머니 줄리아나는 제 아버지인

데릭 스타인리 스미스와 결혼했답니다. 로맨스를 갈망하던 스무 살의 처녀가 셰익스피어 연극배우인 잘생긴 청년과 만나 사랑에 빠졌던 거죠. 아버지는 귀족 출신이 아니기 때문에 어머니의 부모님, 즉 할아버지와 할머니의 반대가 심했던 것은 두말할 필요도 없습니다. 그래도 어머니와 아버지는 반대를 무릅쓰고 결혼을 했고, 나와 남동생 찰스, 내가 태어나기 전에 병으로 죽은 언니 샬롯, 이렇게 아이 셋을 낳았습니다.

우리 가족은 런던 교외에서 살았어요. 어머니는 저택 안과 부지 내에서는 우리 형제들이 비교적 자유롭게 행동하도록 놔두었습니다. 하지만 사용인과 요리사들이 일하는 주방과 그들의 휴게실에는 절대로 가서 놀면 안 된다는 규칙이 있었습니다. 그리고 밖으로 나가는 것도 절대 금지였습니다. 어머니는 늘 "우리는 그들과 달라."라고 말씀하셨죠. 어린 마음에 나는 그런 어머니의 말을 들을 때마다 참 슬펐습니다. 어머니는 늘 파티로 바빠서 해가 중천에 뜰 때까지 침실에서 나오지 않으셨습니다. 아마도 무척 피곤하셨을 겁니다. 대신 유모가 우리 형제들을 돌봐주었습니다.

일곱 살 무렵 늦여름의 어느 날이었습니다. 나는 비밀 계획을 하나 세웠습니다. 바로 저택 밖의 마을에 있는 코티지를 보러 가는 것이었죠. 전에 집사인 나이트 아저씨가 "마을에는 요정의 집처럼 귀여운 코티지가 있답니다."라고 했는데, 그 말을 좀처럼 잊을 수가 없었습니다.

운명의 그날은 날씨가 무척 좋아서 작은 포니를 타고 산책하기에는 아주 '딱!'이었습니다. 남동생인 찰스와 나는 현관에서 승마용 신발로 갈아 신고 마구간까지 누가 빨리 가나 내기를 했습니다. 내 말 이름은 단데라이

온이었는데 무척 순해서 다루기 쉬웠어요. 반면 찰스의 말인 데이지는 고집이 세서 다루기가 여간 힘든 게 아니었습니다. 아무튼 둘이서 말을 타고 호숫가에 있는 석조 보트 선착장까지 내려갔을 때 나는 찰스에게만 비밀 계획을 살짝 털어놨습니다.

그런데 이 녀석은 "난 저기, 호수 중앙에 있는 저 작은 섬에 아지트를 만들고 싶어!"라고 동문서답을 하더군요! 나는 딴청을 부리는 찰스에게 부아가 나서 혼자서 마을까지 가기로 결심했습니다.

양들이 유유자적하게 풀을 뜯어 먹고 있는 언덕을 지나서 동문까지 혼자서 단데라이온을 타고 갔습니다. 그리고 아주 조심스럽게 문지기 아저씨가 있는 작은 관리실 문을 두드렸어요.

"어이쿠, 아가씨가 여기까지 웬일이십니까요?"

햇볕에 그을어 얼굴이 까만 문지기 할아버지가 반갑게 맞아 주었습니다.

"아주 잠깐, 마을을 보러 가려고요. 말 여기 놔둬도 돼요?"

"물론입죠. 하지만 너무 늦지 않게 돌아오십시오."

무사히 문을 통과하기는 했지만, 또 누군가와 마주치는 게 아닌가 걱정이 앞섰습니다. 그래서 조심조심하면서 산사나무와 담쟁이덩굴로 뒤덮인 담을 따라서 마을로 내려갔어요. 마을까지 가는 길은 블랙베리와 이름 모를 들풀들이 가득했습니다. 코너를 돌자 돌담 저편에 작은 집이 몇 채 보였어요. 흰색 벽의 덩굴장미가 오후의 따뜻한 햇살을 즐기고 있었습니다. 짚으로 덮은 지붕에는 작은 굴뚝이 봉긋 솟아 있고 비뚤비뚤한 작은 창문 앞에는 제라늄과 팬지가 피어 있었습니다. 집사 할아버지가 말한, 바로 그 코티지였습니다. 이곳에는 정말로 요정이 살고 있을지도 모른다는 생각이 들었죠. 가까이 다가가 돌담을 뒤덮은 덩굴 사이로 정원을 살짝 엿봤습니다. 작은 정원에는 귀여운 꽃과 채소, 허브가 정성스럽게 심어져 있었고, 나와 비슷한 또래의 여자아이 둘이 그곳에서 돌차기를 하면서 즐겁게 놀고 있었어요. 바로 옆에서 여자아이들의 엄마로 보이는 아줌마가 빨래를 걷고 있었습니다. 정원 안으로 들어가서 같이 놀고 싶었지만 "마을 아이들하고 어울리면 안 된다."라고 말하는 어머니의 엄한 표정이 떠올라서 차마 말을 걸 수가 없었습니다.

결국 눈물을 꾹 참고 단데라이온이 기다리는 동문으로 돌아왔습니다. 그 애들이 너무너무 부러웠습니다. 멋진 집과 정원, 가정적인 어머니가 있으니까요. 아버지는 못 봤지만 분명 다정다감한 분일 거라는 생각이 들었습니다. 남부러울 것 없이 지내고 있었지만 따뜻한 가족의 정을 느껴본 적이 없었던 내게 코티지는 이상적이고 부러운 세계였습니다. 언젠가 어른이 되면 평화로운 코티지에서 가족과 함께 살고 싶다는 마음이 자라났죠. 그리고 그 동경은 미래의 꿈이 되었습니다.

어머니는 "나는 사랑에 빠질 때마다 결혼을 했단다."라고 나중에 말씀하셨는데, 이는 거짓 없는 참말입니다. 어머니가 인생을 사는 방법이었지요. 내가 세 살 때 어머니는 섬유산업으로 엄청난 부를 축적한 코톨드 집안의 프레데릭 네틀폴드와 재혼했습니다. 그래서 우리들은 글로스터 주로 이사를 갔어요. 거기에서 여동생인 캐롤라인이 태어났습니다. 하지만 1년 후에 어머니는 또 사랑에 빠졌답니다. 이번에는 브리티시 아메리칸 타바코사의 상속인인 남작 더들리 컨리프 오웬과 재혼을 했지요. 내가 다

섯 살 때입니다.

이즈음 우리는 종종 케들스톤에 살고 있는 할아버지와 할머니를 만나러 가곤 했습니다. 이 장대한 저택은 왕실을 초대할 수 있을 만큼 훌륭한 건물로, 1759년에 착공해 35년이나 걸려서 완성했다고 합니다. 4층 건물로 중심부에 엘리베이터가 설치되어 있으며, 방은 100개가 넘었지요. 다이닝 룸만 3개, 응접실이 5개, 객실은 30개, 욕실이 10개, 당구실과 음악실도 있고 도서실도 2개나 되었습니다. 그리고 무도회장 아래에는 커즌 경이 아시아로부터 가지고 온 고미술품을 전시해 놓은 '동방미술관'도 자리했지요. 증조부 커즌경은 인도 총독, 옥스퍼드 대학 명예총장, 외무장관을 지낸 분입니다. 탐험가로도 유명해서 메이지 시대에 일본을 방문한 적도 있다고 해요.

이 저택에서 나와 형제들은 늘 서쪽 동의 4층 방을 하나씩 사용했습니다. 탐험을 하러 본관에 자주 갔어요. 그곳의 방은 천장이 아주 높았고 실내의 장식품, 커튼은 모두 파란색이었습니다. 이 저택에서 내가 제일 마음에 들었던 곳은 정면 현관이었습니다. 코린트 양식의 원기둥과 대리석 바닥으로 만든 고대 로마 스타일의 큰 방으로, 천정에는 워터포드 크리스털로 만든 큰 샹들리에, 벽에는 중세 이탈리아의 그림이 몇 개나 걸려 있는 근사한 공간이었거든요. 우리 형제들은 사촌들과 함께 거기에서 자주 숨바꼭질을 했답니다. "임금님을 초대하기 위해서 여길 만들었단다. 결국 임금님은 아직 한 번도 안 오셨지만……."이라고 할아버지는 쓸쓸하게 말씀하시곤 하셨죠. 현재 케들스톤의 저택은 내셔널 트러스트(National Trust)가 관리하며 일반에 공개 중입니다.

어머니의 세 번째 결혼 상대인 대들리 씨는 바르셀로나 교외에 별장을 사서 그곳에서 1년 동안 살았습니다. 빨강과 핑크 제라늄이 잔뜩 핀 아름다운 정원에 둘러싸인 흰색 집은 지금도 생생하게 기억이 나요. 그 후 대들리 씨는 생활을 바꾸고 싶다며 저지 섬의 동부에 농장을 샀습니다. 농부를 업으로 삼는 게 아니라 그저 농장 생활을 해 보고 싶었던 거죠. 조지 왕조 양식의 흰색 대저택으로, 10에이커의 토지에는 낡은 화강석으로 된 축사와 창고가 몇 개나 있었습니다. 그곳은 내게 가축을 돌보고 채소를 재배하는 현장 실습 학교이기도 했어요. 거기서 어머니는 여동생 줄리엣을 낳았고, 형제가 넷으로 늘었습니다.

나는 열 살 때 히스필드 기숙 여자학교에 들어갔습니다. 내 친아버지 데릭은 헬렌이라는 금발의 아름다운 러시아인 여성과 재혼해서 남프랑스의 프로방스와 스위스의 제네바 근교를 오가며 살았습니다. 나는 여섯 살부터 열두 살 때까지 방학이 되면 프랑스나 스위스의 아버지 집에서 남동생과 같이 지냈습니다. 빨래를 널거나, 테이블 정리와 가구 청소를 하는 등 집안일도 도왔지요. 사실 어머니 집에서는 엄두도 못 낼 일이었습니다. 집안일은 사용인들의 일이고 우리들이 절대로 해서는 안 되는 것이었으니까요.

1960년대 초에 슬픈 일이 잇달아 일어났어요. 어머니가 또다시 사랑에 빠져 우리들이 친아버지처럼 따르고 있던 대들리 씨와 이혼을 했습니다. 그는 밝은 성격의 소유자로, 내게 배 운전부터 낚시, 농사일, 요리, 스키와 인생을 즐기는 방법까지 아낌없이 가르쳐 주신 분입니다. 저지 섬에서 센

1. 벽과 천장에 18세기 중반의 그림이 장식되어 있는 케들스톤 저택의 메인 다이닝룸.

2. 별관과 본관을 잇는 복도에 걸려 있는 선조들의 초상화.

3. 할아버지가 왕족을 맞이하기 위해 만든 방.

4. 18세기 영국을 대표하는 건축가 로버트 애덤스가 디자인한 소파.

5. 인도 총독을 지낸 증조부 조지 나타니엘 카존과 증조할머니인 메어리 부인.

강을 거쳐 남프랑스까지 항해를 한 것이 그와의 마지막 여행이 되었지요.

그리고 1963년 봄에는 친아버지인 데릭이 심장발작으로 돌아가셨습니다. 내가 사랑하는 아버지, 나를 공주님처럼 대해준 아버지, 내 마음의 지주였던 아버지, 영웅이었던 아버지는 더 이상 이 세상 사람이 아니었습니다. 아버지는 재산이 없었어요. 유품으로 가죽 케이스에 든 젠틀맨 모자만 남겼지요. 나는 그것을 지금까지도 소중하게 보관하고 있습니다.

아버지의 죽음으로 충격이 컸습니다. 그 후 1년 정도는 불면증과 대인공포증에 시달려야 했습니다. 혼자서 산책을 나가면 새와 하늘과 바람한테 말을 걸었습니다. 너무나 외로웠고 어떻게 살아야 할지 당황스러웠어요. 방에 처박혀서 책만 읽었습니다. 어머니는 이야기를 제대로 나눌 수 없을 만큼 성격이 급한 분이셨습니다. 아이들을 잘 못 다루시는 분이라서 마음을 열고 이야기를 할 수 있었던 상대는 아버지뿐이었어요.

그즈음에 유모인 딩딩도 그만두었습니다. 우리가 너무 딩딩에게만 의지하는 모습에 화가 난 어머니가 해고시켜 버린 거죠. 딩딩은 우리들을 친자식처럼 귀여워했습니다. 아기 때부터 계속 우리를 돌봐왔고, 슬플 때도 병이 났을 때도 다쳤을 때도 늘 옆에서 위로해 주고 돌봐준 소중한 사람이었습니다.

어머니의 새로운 결혼 상대는 저지 섬에 사는 존 로버트라는 부농이었어요. 우리는 지은 지 400년이나 되는 그의 저택으로 이사를 했습니다. 존 로버트는 대들리와는 대조적으로 성실하고 신앙심이 깊은데다 독서를 좋아했으며 사교적인 것을 싫어했습니다. 성격이 정반대인 두 사람이 어떻게 같이 살게 됐는지가 신기했습니다. 그는 50에이커나 되는 농지를 소유하고 농사를 크게 짓고 있었지만 우리들이 일하는 건 금지시켰어요. 어머니는 그곳에서 나보다 열두 살이나 어린 여동생 루신다와 막내 남동생 제이미를 낳았습니다.

진짜 행복을
찾아서

　나는 열여섯 살에 히스필드 기숙 여자학교를 졸업하고 미술사를 공부하기 위해서 런던의 2년제 대학에 입학했습니다. 어느 날 밤, 어머니는 어린 여동생과 남동생을 데리고 런던의 내 아파트로 찾아왔어요. 불만투성이 술주정뱅이와는 더 이상 못 산다면서 큰 가방 하나만 들고 저지 섬을 빠져나온 거였어요. 어머니는 런던의 고급 주택지 첼시 스퀘어에 큰 집을 빌리고 1년 정도 살았습니다. 그때 나는 사교계 데뷔를 앞두고 있었어요. 어머니는 내게 어울리는 결혼상대를 찾을 수 있도록 옆에서 도와주고 싶어 했습니다. 내게는 친아버지의 유산이 없었기 때문에 돈 많은 결혼 상대를 찾아 주어야 한다고 생각했던 모양이에요.

　영어의 '노블(Noble)'이라는 단어에는 두 가지 의미가 있습니다. 하나는 '고귀하게 태어난 사람, 신분이 높은 사람', 또 하나는 '마음, 성격, 정신이 고귀하다'는 의미이지요. 후자의 의미가 어울리는 사람이야말로 진정으로

'노블한' 사람이 아닐까 생각해요. 사람은 어떤 집안에 태어났는가보다는 어떤 삶을 살았느냐가 중요합니다. 어머니에게 이 생각을 몇 번이나 말하려고 했지만 어머니는 들으려고도 하지 않았어요. 그저 역사가 깊은 고귀한 집안에 태어난 것은 행운이고 복이라며 선조를 자랑스럽게 생각하라는 말만 계속 했지요. 사교계 데뷔하고 1년 동안 그 세계가 얼마나 나랑 안 맞는지 절실히 깨달았습니다.

하지만 어떤 인생을 살아야 할지 몰랐습니다. 새로운 가치관에 대한 목마름이 커져갈 무렵 내가 살던 런던에는 동양사상이 시대의 새로운 흐름으로 자리 잡기 시작했습니다.

어느 날 '프렘 라웃트'라는 인도 명상가의 제자로부터 이야기를 들을 기회가 있었습니다. 그의 말은 지금까지 내가 만난 어떤 사람, 어떤 책보다도 가슴에 와 닿았습니다.

"당신이 원하는 진정한 행복을 정원에 비유해 말한다면, 정원은 바깥세상이 아니라 당신 안에 있습니다. 그것을 느끼기 위한 실천적인 방법이 명상입니다."

당시 진정한 행복을 찾고 있던 나는 곧 명상을 배웠습니다. 내 인생의 터닝 포인트가 되는 순간이었어요. 정원은 내 마음에 계속 존재해 왔는데 나는 여태 그 입구조차 알아차리지 못하고 있었다니……. 그런 나 자신이 너무 어리석어 보였어요. 꾸준한 명상을 통해 나 자신과 인생에 대해 더욱 깊이 이해할 수 있는 시간을 가졌습니다.

언젠가부터 내게 진정한 행복의 의미를 일깨워 준 프렘 라웃트 선생님을 직접 만나고 싶어졌습니다. 그래서 곧 마음 맞는 동료 여덟 명과 함께 중고 밴을 사서 육로로 인도까지 여행하는 계획을 세웠지요.

인도 여행 계획을 알리기 위해 어머니를 만났습니다. 엄마는 아일랜드로 이주해 작은 호텔을 경영하고 있었어요. 어머니가 호텔 주방에 서서 요리를 만드는 모습을 보고 놀랐습니다. 하지만 무척 행복해 보였지요. 인도에 간다고 하자 어머니는 걱정을 하며 자신이 아는 마하라자 궁전에 묵을 수 있도록 연락을 해놓겠다고 했습니다. 하지만 나는 자신의 힘으로 살아가는 게 어떤 것인지 알고 싶다며 거절했습니다. 어머니는 몇 번인가 계획을 접으라고 설득했지만 내 의지가 바뀌지 않자 "여행 중에 곤란한 일이 생겨도 스스로 해결해야지 도움은 청하지 마라."면서 마지못해 허락을 했습니다.

그때는 그렇게 영국을 영원히 떠나게 될 줄은 꿈에도 생각지 못했어요. 출발하던 날의 아름다운 석양을 잊을 수 없습니다. 분홍색과 보라색으로 물든 하늘을 보며 여행에 대한 기대와 불안이 교차했습니다. 우리들은 배를 타고 벨기에로 건너가서 터키의 이스탄불까지 내려갔습니다. 고대 실크로드를 따라 인도까지 간 것이죠.

출발하고 두 달이 지난 10월 하순. 드디어 인도 하르드와르에 도착했습니다. 히말라야 산맥의 산자락에 위치한 이곳은 성스런 갠지스 강 상류의 마을로, 힌두교의 주요 성지 중 한 곳입니다. 우리들이 도착한 그날도 갠지스 강에서는 많은 참배자들이 목욕을 하고 있었습니다.

그날부터 아슈람(명상 도장) 생활이 시작되었습니다. 나는 매일 아침 일출 전에 일어나 명상을 하고, 정원에서 장미와 메리골드의 꽃을 따는 작업을 도왔습니다. 오후에는 요리를 돕기도 하고 요가를 하거나 센터에서 선생님의 이야기를 듣거나 하면서 지냈지요. 하루하루 마음이 깨끗이 정화되는 기분이 들었습니다. 그런 동안 순식간에 8개월이 지났지만 영국으로 돌아가고 싶지 않았습니다. 동쪽으로 더 가보고 싶었습니다. 일본에 가겠다고 결심한 나는 선생님께 말했습니다. 선생님은 많이 놀란 눈치였지만 아무 말 않고 고개를 끄덕였습니다. 그리고 여행 도중에 만난 친절한 사람들과 행운 덕분에 나는 1971년 5월에 배로 일본 가고시마에 무사히 도착했습니다.

빈손으로 일본에 왔지만 낯선 환경 속에서도 열심히 일했습니다. 그리고 2년이 지났습니다. 1973년 크리스마스에 나는 아일랜드로 돌아갔습니다. 열 살과 여덟 살인 막내 여동생 루신다와 남동생 제이미는 엄마 호텔에서 자랐습니다. 그 둘이 마을의 아이들과 노는 모습을 보니 무척 흐뭇했습니다. 내가 어렸을 때는 상상도 못했던 일이었기 때문이지요. 어머니는 호텔 일로 바빴지만 즐거워 보였습니다. 또 친구도 많이 생겼고 어머니의 레스토랑과 펍도 인기가 많았습니다. 신기하게도 어머니와 내가 거의 동시에 귀족사회를 떠난 셈이 되었죠.

어머니는 내게 일본으로 돌아가지 말고 호텔 경영을 도왔으면 한다고 부탁했습니다. 어린 동생들도 가지 말라고 했지만, 나는 일본으로 돌아가서 계속 살 생각이라고 못을 박았습니다. 어머니의 실망감은 말할 수 없이 컸습니다. 나는 일본에서 스스로의 힘으로 살아가겠다고 말했습니다. 어머니는 차가운 목소리로 그렇게 하라는 짧은 대답을 끝으로 더는 나를 설득하지 않았습니다.

　새로운 생활을 시작한 일본에서 열심히 일하면서 재능을 발전시켜 나
갔습니다. 그리고 5년 후인 1978년에 교토대학 근처에서 영어 학원을 열
었고 지금도 영어를 가르치고 있어요. 언젠가는 일본에서 하는 일을 어머
니께 꼭 보여주고 싶었습니다. 하지만 어머니는 단 한 번도 일본에 오지
않고 2006년에 돌아가셨습니다. 돌이켜 보면 어머니다운 방법으로 나를
강하게 키운 거라는 생각이 듭니다.

허브를
만나다

10년 전, 나는 남편 타다시, 아들 유진과 함께 교토 기타야마 산에 둘러싸인 조용한 마을, 오하라에 정착했습니다. 옛날부터 동경하던 코티지 생활입니다. 여기에 허브 정원을 만들고 허브와 생활하고 있습니다.

이사를 왔던 당시에 정원은 엉망진창으로 온통 잡초뿐이었습니다. 그런 곳에 처음으로 심은 식물이 바로 요리에 자주 사용하는 로즈마리와 타임이었습니다. 요리를 할 때는 늘 신선한 허브를 사용하고 싶었거든요.

어렸을 적에 어머니는 요리에 곁들이는 신선한 허브를 주방용 정원에서 따오라고 자주 시켰습니다. 평상시에는 손에 물을 묻히지 않으셨지만 디너파티 등 특별한 행사가 있는 날이면 직접 주방에서 특기인 프랑스 요리나 이탈리아 요리를 만드셨습니다.

당시 우리가 살고 있던 저택에는 19세기에 만든 빅토리아풍의 정원이 있었습니다. 그 바로 옆에는 빨간색 벽돌담으로 둘러싸인 주방용 정원이

있었고요. 바닷바람이 강한 곳이라 채소와 과일을 지키기 위해서 담을 아주 높게 쌓아놓았지요. 아마 한 2미터 정도는 됐던 것 같습니다. 담 안쪽으로 들어가면 사과, 배, 복숭아, 포도가 주렁주렁 열려 있었죠. 달콤한 향기가 식욕을 자극했습니다. 밭에는 다양한 종류의 채소와 허브를 키우고 있었습니다. 나는 열심히 어머니가 말한 허브를 찾았습니다. 허브나 채소로 바구니를 가득 채우는 일이 즐거웠거든요.

여기 오하라의 집은 지은 지 100년이나 된 아주 낡은 농가입니다. 사실 이 집에 처음 왔을 때는 온통 상처투성이였어요. 하지만 남편과 둘이서 조금씩 수리하면서 살기로 했죠. 그렇게 여러 번의 사계절을 이곳에서 보냈습니다. 정원은 어릴 적부터 동경하던 코티지 가든으로 만들었어요. 지금은 약 200종류의 허브를 키우고 있습니다. 처음에는 요리용으로 지중해 허브를 많이 심었는데 오하라의 기후가 맞지 않는지 잘 안 크는 것도 있더군요. 그래서 이것저것 실험해 본 결과 파드득나물, 파, 산초 등 일본의 허브도 심게 되었어요. 요리에서 시작한 허브에 대한 흥미가 이제는 허브를 일상생활에도 응용할 정도가 되었답니다.

허브에 대해 알아가고 눈부신 계절의 찰나를 만날 때면 순간순간 감동을 받곤 해요. 봄, 여름, 가을, 겨울이 주는 자연 속 행복을 이 책을 통해 함께 나누고 싶습니다.

It's
SPRING

그대를 환영하오,
아름답고 싱그러운 봄이여.

_제프리 초서

아름다운 꽃과 허브의 향기에 둘러싸여
나비와 벌이 날아다니는 모습을 보고 있노라면
마치 시간이 멈춘 것 같아요.

두 발을 디디고 있는 지구와 내가
하나로 이어지는 순간이자 고요함을
온몸으로 느끼는 멋진 시간이죠.

식물들의 목소리에
귀 기울여요

    정원에 있으면 일상에서의 스트레스와 불안과 걱정이 눈 녹듯이 녹아서 순식간에 사라져버립니다. 아름다운 꽃과 허브의 향기에 둘러싸여서 나비와 벌이 날아다니는 모습을 보고 있노라면, 마치 시간이 멈춘 것 같아요. 두 발을 디디고 있는 지구와 내가 하나로 이어지는 순간이자 고요함을 온몸으로 느끼는 멋진 시간이죠.

    어렸을 때는 늘 자연 속에서 놀았어요. 낙엽수 숲에서 나무 위에 집을 짓기도 하고, 개울에 돌 댐을 만들기도 하고, 꽃밭에서 화환을 만들기도 하고……. 그러면서 놀았습니다. 또 스위스 레만 호수 옆에서 지낼 때는 말이에요, 호수 바로 옆에 집이 있어서 언제든지 정원을 가로질러서 호수에 풍덩할 수 있었습니다! 그곳에서는 눈 덮인 알프스가 전부 내 것이었죠. 스페인과 남프랑스에서 살 때는 감색의 짙푸른 지중해와 옥색 투명한 하늘이 참 인상적이었습니다. 집 근처 절벽과 벌판에는 로즈마리와 타임, 라

벤더가 피어 있었는데, 지중해의 차갑고 건조한 미스트랄(지중해 연안 지방에 부는 바람: 옮긴이)이 불 때면 허브 향기와 바다 향기가 바람을 타고 날 찾아왔습니다. 오래전 일인데도 어제 일처럼 선명하네요. 지금 생각해 보면 그때도 지금처럼 시간이 멈춰 있었어요.

오하라에 와서 정원을 만들자고 마음을 먹었을 때 무엇보다 어릴 적에 놀던 자연을 떠올릴 수 있는 정원을 만들고 싶었습니다. 40평 정도로 크지는 않지만, 일곱 부분으로 나눴죠. 해가 잘 들고 배수가 잘 되는 현관 앞 한쪽에는 남프랑스의 시골이 연상되도록 라벤더와 타임 등 지중해 허브를 심었고요, 정원 중앙에는 원래 있던 일본풍 정원을 그대로 살렸습니다. 물론 거기에 어울리는 동백꽃과 일본 허브를 심었고요. 또 그 옆에는 영국풍 코티지 가든을 만들고 영국의 클래식 플라워와 허브를 심었어요. 그리고 큰 월계수 아래에는 나무 그네를 놓는데, 우린 거기를 포레스트 가든이라고 부릅니다. 좁은 오솔길을 통해서 뒷마당으로 돌아가면 우물이 있습니다. 우물은 원래부터 있던 것으로 우물 벽에 도기로 모자이크 장식을 해서 멋을 좀 냈습니다. 또 여기는 서쪽으로 넘어가는 태양이 아쉬워하며 마지막 빛을 선사하는 곳이라서 서쪽 태양에 어울리는 원색 꽃을 심었습니다. 그 안쪽에는 벽돌을 깔고 테이블을 놓았고요. 저녁에 와인을 마시며 바비큐도 할 수 있습니다. 물론 와인 색상을 고려해서 흰색, 로제, 빨강 같은 와인 색 꽃만 심었습니다. 당연히 집을 둘러싸고 있는 돌담도 잊지 않았습니다. 돌 사이사이에 타임과 무스카리를 심었더니, 월 가든으로 다시 태어났답니다.

정원에 식물을 심기 전에 우선 그 식물이 원하는 생육환경에 대해서 알아봅니다. 가령 빛과 습기, 토질의 취향 같은 것 말이에요. 그것만이 아니라 다른 식물과의 궁합이나 선호도 같은 세심한 면까지 조사를 합니다. 예를 들어 바질과 토마토는 궁합이 좋고 펜넬과 딜은 궁합이 좋지 않다든가, 또 도시에 사는 것보다 번잡함을 떠나 시골에 사는 걸 좋아하는 사람이 있듯이 캐모마일, 야로우, 펜넬은 화단보다 노지를 더 좋아한다든가 하는 것들입니다.

정원에서 일을 할 때는 클래식 음악같이 마음을 안정시키는 음악을 틉니다. 식물들과 같이 음악을 듣는 거죠. 그런데 식물은 텔레비전을 싫어하나 봐요. 실제로 화분을 텔레비전 위에 올려두면 아무리 빛과 물에 신경을 써도 점점 기운을 잃어가거든요. 정말 전자파나 텔레비전의 어떤 진동이 영향을 주나 봅니다.

봄이 되면 정원의 허브들이 꽃을 피워서 집을 감쌉니다.
봄의 정원은 그 어느 때보다 생기가 넘쳐요.
싱그러운 아름다움을 만끽하며 테라스에서 식사를 즐기기도 합니다.
언젠가 인생의 행복한 순간을 말해야 한다면
'봄날의 정원에서 즐긴 소박한 만찬'이라고 이야기할 거예요.

사과꽃이 피면 봄 축제가 열려요

영국 시골의 봄하면 가장 먼저 떠오르는 건 사과꽃입니다. 어릴 땐 사과꽃이 온 마을에 만발하면 부활절이 다가온다는 걸 알고는 참 즐거웠어요. 부활절은 보통 3월 3일부터 4월 25일까지 일요일마다 축제를 하는데, 해마다 날짜가 다릅니다.

부활절의 추억이라고 하면 뭐니 뭐니 해도 이스터 에그 헌트죠. 영국에서는 부활절 아침에 교회에 모두 모여 아침 미사를 드립니다. 이 시기에 교회는 봄을 알리는 형형색색의 꽃으로 장식되어 있죠. 가장 멋진 옷을 입고 교회에 가서 신부님의 이야기를 듣고 찬송가를 부릅니다. 미사가 끝나고 집에 돌아와서 오후가 되면 친척들이 부활절 디너파티를 위해서 한자리에 모여요. 그리고 드디어 아이들이 기다리고 기다리던 이스터 에그 헌트를 시작합니다.

어머니는 이스터 에그 헌트를 할 때 "이스터 버니가 정원에 알을 운반

할 거야. 이스터 버니는 부끄럼을 많이 타서 저녁에 온단다. 그래서 아무도 본 적이 없어."라고 말씀하셨습니다. 물론 어릴 적에는 정말 그런 줄 알았습니다.

이스터 에그 헌트의 규칙은 이렇답니다. 먼저 아이들을 방에 모아 놓고 절대 나오지 못하게 합니다. 그리고 어른들은 이스터 에그를 넣을 바구니를 준비하죠. 집 안과 정원 구석구석에 숨겨 놓은 달걀을 찾는 것이 바로 이스터 에그 헌트입니다. 시간은 30분. 나이가 많은 아이들을 위해서 높은 장소에도 숨겨 놓고, 또 어린아이들이 쉽게 찾을 수 있게 낮은 곳에도 숨겨 둡니다. 어머니는 나이 많은 아이들에게는 절대로 알을 먼저 다 찾지 않도록 주의를 시키고 만일 발견되지 않은 알이 있을 때는 도와서 같이 찾으라고 하셨어요. 그렇게 모든 아이가 공평하게 달걀을 나눠 가질 수 있도록 배려합니다.

이스터 에그 헌트가 다 끝나고 나면 아이들은 맛있는 초콜릿을 먹으면서 정원에서 놀았어요. 신나게 크로켓을 하고 방으로 들어가면 차와 스콘, 샌드위치, 꽃으로 장식된 케이크가 준비되어 있었습니다. 어머니와 이모들은 케이크를 함께 나눠 먹으면서 자신들의 어린 시절 이스터 추억을 이야기해 주셨답니다. 어머니는 아주 장난꾸러기였다고 해요. 그 시절 어머니가 저지른 수많은 장난을 들으며 배꼽이 빠지도록 웃었던 기억이 있습니다.

이스터(Easter, 부활절)라는 이름은 색슨족의 봄과 새벽의 신, 그리고 번식의 신인 에오스트레(Eostre)에서 왔다고 합니다. 그 신을 상징하는 동물은 봄의 도래와 다산을 의미하는 토끼입니다. 그래서 독일에서는 부활절에 토끼가 알을 가지고 온다고 하는데, 그게 바로 이스터 버니(토끼)입니다. 식물의 잎이 떨어지고 자연이 죽어 버린 듯한 겨울이 끝나면 봄이 찾아오죠. 이렇듯 봄은 생명이 다시 숨쉬기 시작하는 시기입니다.

봄이 되면 허브들이 정원 가득 꽃을 피우죠.
어릴 적 뛰놀던 정원의 기억을 떠올리며 만든 영국식 정원을 바라보고
있노라면 아련한 추억의 조각들이 하나둘 떠오르곤 합니다.

시간이 지날수록 멋스러워지는
유약을 바르지 않은 화분처럼,
나의 정원도 날이 갈수록 아름다워지기를
오늘도 마음을 다해 기도합니다.

꽃이 가득한 정원에서
애프터눈 티를 즐겨요

하이 티(High tea)는 노동자계급, 로 티(Low tea)는 상류계급을 의미합니다. 로와 하이는 계급이 아니라 의자의 높이를 나타낸답니다. 로 티는 상류계급 사람들이 낮은 소파나 안락의자에 앉아서 차를 마시며 이야기를 했다고 해서 붙은 이름이죠. 다른 말로는 애프터눈 티라고도 합니다.

15년 전에 영국에서 애프터눈 티의 창시자인 베드포드(Bedford) 공작부인의 자손에게 애프터눈 티의 발상에 대한 이야기를 들었습니다. 현재 후작 부인인 타비스톡 부인은 애프터눈 티를 처음 마셨던 방으로 우리들을 안내했습니다.

애프터눈 티는 베드포드 공작부인이 1840년에 처음으로 마셨습니다. 차는 여성과 아이들이 마시면 안 되는 걸로 알았다고 해요. 이유는 당시 차가 몸에 나쁘다고 알려졌기 때문이었죠. 게다가 상당히 고가여서 상류계급의 남성만 마셨습니다. 그런데 어느 날, 베드포드 공작이 왕실을 방문

58_59

하고 선물로 받았다며 중국차를 부인에게 주었습니다. 부인은 몰래 차를 마시려고 여자 친구들을 초대했습니다. 그렇게 남자들이 사냥 나가서 없는 틈을 타서 오후 4시에 부인들이 몰래 모여서 금단의 차를 마셨던 거죠. 그게 애프터눈 티의 시작입니다.

하이 티는 애프터눈 티가 시작되고 나서 약 반세기 후인 19세기 후반부터 20세기 초에 시작되었습니다. 마침 산업혁명이 일어난 시기이기도 했지요. 당시 공장과 농장의 노동자들은 저녁 무렵인 5시에 일을 끝내고 집으로 돌아가면 배가 고파서 바로 다이닝 키친에서 저녁을 먹었습니다. 이때 등받이가 높은 식탁 의자에 앉아서 먹었기 때문에 하이 티라고 부르게 되었습니다. 달걀 프라이와 베이컨 혹은 양고기 스튜나 데친 햄에 양배추, 얇게 썬 빵, 큰 주전자 한가득 담긴 홍차를 놓고 간단하게 식사를 했습니다. 이 습관은 지금도 영국 북부의 공업지대에 남아 있습니다. 메뉴는 지역과 가정에 따라 다르지만, 대체로 얇게 썬 빵과 큰 주전자에 담긴 홍차는 꼭 나온다고 합니다.

그런데 제2차 세계대전 무렵부터 영국의 상류계급 사회에 변화의 바람이 불었습니다. 옛날처럼 우아하게 귀족생활을 계속할 수 없게 되었죠. 그래서 애프터눈 티의 습관이 사라졌습니다. 하이라든지 로라든지 하는 호칭도 지금은 거의 사라지고 그저 '티'라고 부르고 있죠.

보통은 애프터눈 티라고 하면 할머니가 1년에 두세 번 가족을 불러서 여는 티파티 정도입니다. 멋진 테이블보 위에 본차이나 티세트를 놓고 정원의 꽃으로 장식하고 스콘과 케이크를 굽고 샌드위치를 준비합니다. 그래서 티파티가 있는 날이면 아침부터 무척 바쁩니다. 자식들이 자기 가족들을 데리고 할머니 댁을 방문합니다. 할머니는 손자들의 얼굴을 보면서 그렇게 흐뭇할 수 없습니다. 이날만큼은 잘 손질된 꽃이 가득한 정원에서 손자들이 뛰어다녀도 야단치지 않습니다. 4시가 되면 할머니는 모두를 테이블로 부릅니다. 그리고 오랜만에 만나는 가족과 친척들과 담소를 나누고 서로의 건강과 행복을 기원하며 차를 마십니다.

오하라의 정원이 아름다운 4~6월에 애프터눈 티파티를 열곤 합니다. 열심히 가꾼 정원을 모두에게 자랑하고 싶어서죠. 아들과 딸에게 연락을 하기도 하고 친구를 초대하기도 합니다. 가끔은 영어학원의 학생들을 부르기도 합니다. 이런 티파티 모습을 찍어서 영국의 여동생에게 보냈더니, "영국 전통을 고집하는 고전파 베네시아 언니"라고 놀리더군요.

라벤더 향이 좋아서
살림이 즐거워요

오하라로 이사를 한 그날 저녁 우리 가족은 다다미방에서 이불을 펴고 셋이 나란히 누워서 잤습니다. 다른 방은 이삿짐으로 가득 차 있었거든요. 창 밖에서 들리는 시끄러운 개구리의 합창을 들으면서 잠이 들었습니다. 너무 피곤해서 언제 잠들었는지도 모르게 그냥 곯아떨어졌죠.

다음 날 아침, 눈을 떴을 때 아침 해가 연둣빛 식물들을 다정하게 비추고 있었습니다. 남편과 아이를 깨우지 않고 살짝 밖으로 나갔죠. 나이 든 소나무와 늙은 매실과 철쭉, 이끼가 잔뜩 낀 정원을 둘러보고 집의 맞은편에 있는 논두렁 위에 걸터앉았습니다. 풀이 무성한 두렁에는 배수 파이프가 몇 개 보였습니다. 아침 서리를 맞아 반짝거리는 벼를 보고 있는데 갑자기 흰색 거품 액체가 배수 파이프에서 나오기 시작했습니다. 저게 뭘까? 궁금했습니다. 그 답은 잠시 후 일어나서 집 주위의 도랑 청소를 하던 남편이 말해 주었어요.

"이 집의 생활폐수는 모두 이 도랑을 통해서 건너편 용수로로 흐르고 있네."

그 말을 들으니 아침의 흰색 거품 물이 떠올랐습니다. 그 물은 우리 집 세탁기에서 나온 세제 섞인 물이었습니다. 그것을 본 이상 생활폐수를 그냥 보낼 수가 없어서 옛날 사람들은 어떻게 했는지 살펴보았습니다. 옛날 일본에서는 세제로 재, 석탄, 쌀뜨물, 콩 삶은 물, 알칼리성 점토, 청각나물, 무환자나무의 열매, 쥐엄나무의 꼬투리, 닥풀 같은 식물을 사용했다고 해요. 또 머리카락은 식초나 소금을 탄 물로 감고 헤어 컨디셔너로 동백기름을 사용했습니다.

약 500년 전, 고대 로마인이 재와 양의 지방으로 우연히 비누 비슷한 것을 만들었는데 그것이 바로 인류 최초의 비누입니다. 유럽에서 서민들이 비누를 사용하게 된 것은 17세기부터입니다. 그전까지 비누는 비싸다는 인식이 있어서 주로 양잿물을 사용했습니다. 살균 소독과 냄새 제거, 향기를 위해서는 허브를 사용했죠.

나는 우선 할 수 있는 일부터 시작하자고 마음먹었습니다. 그래서 합성세제 사용을 그만뒀습니다. 석유에서 만들어지는 합성세제 함유물은 완전하게 분해되지 않고 잔류합니다. 그래서 친환경 비누를 사용하고 또 옛사람들처럼 허브를 사용해 보기로 했습니다.

먼저 라벤더로 고형 비누를 만들어 봤습니다. 시판 라벤더 비누는 화려한 보라색인데, 직접 만든 비누는 갈색이었습니다. 그 화사한 색상은 분명 착색제일 것입니다. 허브 화장품과 보습 크림도 직접 만들어 썼습니다.

놀랍기도 하고 기쁘기도 한 새로운 발견은 바로 엄청나게 싼 가격에

향긋한 자연 세제들을 만들 수 있다는 사실이었죠. 로즈마리 샴푸를 만들어 봤습니다. 두피의 혈액순환이 좋아지고 비듬 제거 효과도 있어요. 검은색 머리에는 헤어 컨디셔닝 효과도 있다고 합니다. 또 라벤더 비니거(식초)를 몇 방울 떨어뜨려서 유리 식기를 씻었더니 반짝반짝 윤이 났습니다. 시트를 갤 때 라벤더 워터를 뿌린 다음 다림질을 하니까 좋은 향이 나고 또 잠도 잘 옵니다. 가구를 라벤더를 넣은 밀랍으로 닦으니까 방에 라벤더 향기가 감돕니다. 힘든 집안일이 즐거워지더군요.

이렇게 해서 허브를 일상생활에서도 사용하게 되었습니다. 그러면서 식물과 환경 등 다양한 분야에 대해서 알게 되고 배우고 또 관심을 가지게 되었습니다. 생활의 즐거움이 하나 더 늘었습니다.

오래된 목제 가구는 닦으면 닦을수록 멋있어지죠. 저는 라벤더와 벌꿀로 만든 가구용 와스를 사용하곤 합니다. 가구의 수명도 길어지고 방 안 가득 퍼지는 좋은 향기가 기분을 상쾌하게 하거든요.

레몬 타임 파운드케이크
Lemon Thyme Tea Bread with Lemon Verbena Icing

재료

우유 200㎖, 레몬밤(신선한 잎을 잘게 다진 것) 1큰술, 레몬 타임(신선한 잎을 잘게 다진 것) 2큰술, 밀가루 250g, 베이킹파우더 1½작은술, 버터 80g, 황설탕 150g, 달걀 2개, 레몬 껍질(강판으로 갈기) 1큰술, 장식용 꽃(제비꽃 종류, 물망초, 보리지, 벚꽃 등 식용 꽃) 적당량, 장식용 레몬 타임(가지와 잎 5㎝) 적당량, 레몬즙 2개 분량, 아이싱 슈거 2컵, 레몬 버베나(신선한 잎을 잘게 다진 것) 4장

1. 냄비로 우유를 따뜻하게 데우고 허브들을 15분 이상 담가둔다(끓이지 않는다).

2. 볼에 밀가루와 베이킹파우더를 넣고 잘 섞는다.

3. 다른 볼에 버터와 황설탕을 넣고 크림 상태가 될 때까지 잘 섞는다. 여기에 달걀 푼 것과 레몬 껍질을 넣고 다시 잘 섞는다.

4. 2에 1과 3을 교대로 조금씩 넣어가며 섞는다.

5. 4를 파운드케이크 틀에 부어서 190℃로 예열한 오븐에서 약 40분 동안 굽는다.

6. 새 볼에 레몬즙, 아이싱 슈거, 레몬버베나를 넣고 잘 섞는다.

7. 파운드케이크가 식기 전에 6을 표면에 바르고 식용꽃과 레몬 타임으로 장식한다.

레몬밤 레모네이드
Lemon Balm Lemonade

재료(10잔 분량)
레몬(얇게 저민 것) 2개, 설탕 300g, 물 3컵, 구연산 3큰술, 레몬밤
(가지와 잎 15㎝) 적당량

어릴 적에 여름 방학이 되면 우리 네 남매는 온종일 정원에서 놀았습니다. 정신없이 놀고 있으면 유모 딩딩이 레모네이드와 쿠키를 만들어서 가지고 오곤 했죠. 오하라에 서도 그때 그 맛을 떠올리며 아이들에게 레몬밤이 들어간 레모네이드를 만들어 주곤 합니다. 아무리 더운 날이라도 레몬밤 레모네이드 한잔이면 더위가 물러가요.

1. 냄비에 설탕물과 레몬을 넣어 끓인다.

2. 끓으면 불을 끄고 레몬밤과 구연산을 섞은 다음 그대로 1시간 정도 재운다. 그러고 나서 망 으로 거른다.

* 먹기 전에 컵에 2의 원액을 넣고 물이나 소다수로 3배 희석하고 얼음을 넣고 레몬밤 잎으로 장식한다.

* 원액을 유리병에 옮겨서 냉장고에서 넣어 두면 오래 보관할 수 있다.

레몬밤 러빙 컵
Lemon Balm Loving Cup

재료(6인분)

레몬(얇게 저민 것) 2개, 레몬밤(가지와 잎 15cm) 8장, 설탕 80g, 물 3½ 컵, 디저트 와인(화이트) 1병, 브랜디 ¼컵, 샴페인 혹은 드라이 스파 쿨링 화이트 와인 1병, 보리지 혹은 제비꽃(아이스 큐브 용) 18개

중세 영국에서는 딸의 구혼자가 방문하면 잔뜩 긴장한 두 사람을 위해서 여자의 어머니가 이 칵테일을 만들어서 대접했다는 이야기가 전해져 내려오고 있습니다. 딸이 멋진 남자와 사랑에 빠져서 결혼했으면 하는 어머니의 바람이 담겨 있는 칵테일이죠. 언제부터 '러빙 컵'이라고 불리기 시작했는지는 확실치는 않습니다. 레몬밤에는 불안을 해소하고 마음을 안정시키는 효과가 있다네요.

1. 꽃을 넣은 아이스 큐브를 만들어 둔다.

2. 레몬밤, 레몬 슬라이스, 설탕물, 디저트 와인, 브랜디를 병에 넣어 섞은 다음 냉장고에서 1시간 정도 차갑게 한다.

3. 2를 걸러서 먹기 직전에 차가운 샴페인을 넣는다.

4. 와인 잔에 넣고 1의 아이스 큐브와 레몬밤 잎으로 장식한다.

*꽃 아이스 큐브는 제비꽃과 바이올렛, 벚꽃, 물망초 등 식용꽃을 제빙 틀에 넣고 물과 같이 얼려서 만들기도 한다.

베네시아의 허브 레시피

허브 샌드위치
Herb Sandwiches

재료(4인분)

샌드위치용 빵 8장, 크림치즈 적당량, 오이 2개, 훈제연어 4~6장 처빌과 펜넬(신선한 잎을 다진 것) 각 1큰술, 버터 적당량, 소금 약간

영국의 전통 애프터눈 티 메뉴 중 하나인 오이 연어 샌드위치입니다. 허브를 넣어서 상큼하게 만들어 봤어요.

1. 오이를 얇게 썰고 소금을 약간 뿌려서 2분 정도 둔 다음 가볍게 짜서 수분을 뺀다.

2. 버터를 바른 빵 위에 1의 오이와 처빌을 올리고 빵으로 다시 덮는다.

3. 크림치즈를 바른 빵 위에 훈제 연어와 펜넬을 올리고 빵으로 다시 덮는다.

그 외에도 이런 재료를 넣어도 좋다.
* 삶은 달걀, 마요네즈, 딜 혹은 타라곤
* 다진 햄, 머스터드, 마요네즈
* 코티지 치즈, 호두, 크레송

쑥 파운드케이크
Yomogi Tea Bread

재료
우유 200ml, 쑥(신선한 것) 40g, 밀가루 250g, 베이킹파우더 1½작은
술, 버터 80g, 황설탕 180g, 달걀 3개

봄이 되면 집 맞은편의 논두렁에 고개를 내민 쑥의 어린싹을 따서 케이크를 만듭니다. 쑥은 정화작용이 있어서 몸의 나쁜 기운을 없애 주죠. 천식이나 꽃가루 알레르기에도 좋아요. 쑥을 많이 땄을 때는 삶아서 차가운 물로 헹군 다음 가볍게 짜서 냉동 보관합니다.

1. 냄비에 물을 가득 붓고 끓으면 쑥을 넣고 삶는다. 삶은 쑥은 물에 헹군 다음 가볍게 짠다.

2. 냄비에 우유를 넣고 가열하다가 쑥을 넣고 가볍게 삶은 후에 믹서로 갈아서 퓨레(각종 야채나 곡류 등을 삶아 걸쭉하게 만든 것: 옮긴이) 상태를 만든다.

3. 볼에 버터와 황설탕을 넣고 크림 상태가 될 때까지 잘 섞는다.

4. 3에 달걀을 섞는다.

5. 다른 볼에 밀가루와 베이킹파우더를 넣고 잘 섞는다.

6. 2와 4와 5를 섞는다.

7. 26cm의 파운드케이크 틀에 6을 넣고 190℃로 예열한 오븐에서 약 45분간 굽는다.

베네시아의 허브 레시피
허브와 오렌지 풍미 닭고기 찜
Chicken with Herbs and Orange

재료(4인분)
닭 가슴살 혹은 다리살 600g, 버터 50g, 오렌지(장식용으로 얇게 4장, 나머지는 즙으로) 3개, 화이트 와인 1컵, 마조람, 레몬 타임, 파슬리 가지 달린 잎(신선한 것) 각 2개, 오렌지민트, 바질 가지 달린 잎(신선한 것) 각 4개, 소금과 후추 적당량

몸이 단단한 토종닭을 사용해서 와인, 오렌지, 허브로 찜을 만들었습니다. 닭 한 마리를 그대로 다 써도 되고 좋아하는 부위만 골라서 사용해도 무방합니다.

1. 닭고기를 잘라서 소금과 후추를 뿌려 밑간을 한다.

2. 스튜 냄비에 버터를 넣고 가열하고 1의 닭고기는 골고루 잘 익힌다.

3. 오렌지 즙과 화이트 와인을 2에 뿌리고 허브를 올린 다음 뚜껑을 덮는다.

4. 180℃로 예열한 오븐에 약 1시간 찐다(브로일러라면 30분).

5. 닭고기를 꺼내서 육즙을 거른다. 육즙이 별로 없으면 열을 가해서 수분을 말린다.

6. 접시에 닭고기를 놓고 육즙을 뿌리고 둥글게 저민 오렌지를 장식한다. 밥이나 파스타를 곁들인다.

크레송 수프

Watercress, Apple & Potato Soup

재료(4인분)

크레송 150g, 감자(얇게 썬 것) 큰 것 2개, 사과(얇게 썬 것) 1개, 버터 30g, 카놀라유 1작은술, 생크림 70ml, 소금과 후추 적당량, 치킨 스톡 1개, 물 4컵

미국인 친구인 패트는 늘 요리 재료를 가지고 오하라에 놀러 옵니다. 이 수프는 따뜻하게 혹은 차갑게 먹어도 맛있습니다. 패트에게 이 수프를 배우고 나서부터는 근처 개울에 자생하는 크레송을 따러 자주 갑니다.

1. 수프 냄비에 오일, 버터, 감자를 넣고 나긋나긋해질 때까지 볶는다.

2. 1에 사과, 치킨 스톡, 물을 넣고 약 15분 동안 끓인다. 크레송을 넣고 다시 5분 동안 끓인다.

3. 2를 믹서에 넣고 간다. 수프 상태가 되면 냄비에 다시 넣는다.

4. 가열하면 생크림을 넣고 소금과 후추로 간을 한다.

로즈마리 식기용 물비누
Rosemary Washing up Liquid

재료

로즈마리(약 10cm 가지) 6개, 순수 가루비누 ½컵, 물 1리터

피부 트러블의 원인이 되는 합성세제를 사용하지 않고 가루비누를 사용합니다. 옛날 사람들이 했던 방식 그대로 소독살균 효과가 있는 로즈마리를 달여서 설거지용 물비누를 만들었습니다.

1. 냄비에 로즈마리 가지와 물을 넣고 뚜껑을 덮은 다음 약 20~30분 동안 끓인다.

2. 약간 식혀서 거른 다음 가루비누를 넣어서 완전히 녹인다.

라벤더와 밀랍을 사용한 가구용 왁스

Lavender Beeswax Furniture Polish

재료

밀랍 75g, 비누(가루) 20g, 라벤더 에센셜 오일 10방울, 아마인유 1¼ 컵, 물 1½¾ 컵, 라벤더 꽃(건조한 것) 3큰술

어린 시절 집안일을 돕느라고 목제 가구를 밀랍으로 닦은 적이 있습니다. 가구 중에는 500년 이상이나 된 낡은 가구도 있었죠. 밀랍은 꿀벌의 집으로 만든 초인데 이것으로 가구를 닦으면 윤기가 납니다. 여기에 아이디어를 더했습니다. 바로 아마인유와 라벤더입니다. 아마인유는 목제 가구의 방부제 역할을 하고 라벤더에는 방충 효과와 방향제 효과가 있거든요.

1. 냄비에 아마인유를 넣고 약불로 가열해서 밀랍을 녹인다.

2. 다른 냄비에 물과 라벤더를 넣어 20분 동안 끓이다가 걸러서 전액으로 만든다.

3. 2의 전액에 비누를 녹이고 3/4 분량이 될 때까지 끓인다.

4. 1과 3이 식으면 섞어서 라벤더 에센셜 오일을 넣는다.

5. 사용하기 쉬운 용기에 넣는다.

친환경 청소하기

청소와 세탁에 합성세제나 염소계 표백제, 산성 세정제 등의 화학물질을 사용하면 깨끗해
집니다. 하지만 그것을 사용한 물은 어디로 갈까요? 환경과 인체에 얼마나 나쁜 영향을 미
치는지 알고 있다면 화학물질은 이제 그만 사용했으면 해요.

옷 가루비누는 뜨거운 물에 풀어서 세탁기에 넣으면 비누 덩어리가 사라진
다. 얼룩을 뺄 때는 중조를 반 컵 정도 넣는다. 심한 얼룩은 얼룩 부분에 식
초를 바르고 하룻밤 놔두고 나서 세탁을 하면 좋다. 의류를 마지막 헹굴
때 식초를 반 컵 정도 넣으면 옷이 부드러워진다.

식기류 로즈마리 식기용 물비누를 사용해서 미지근한 물로 씻는다. 로즈마리는 살
균작용을 하지만 합성세제처럼 손이 거칠어지지 않는다.

도마 레몬 즙을 도마에 칠하고 수세미로 잘 문질러서 얼룩을 뺀다. 레몬은 천연
표백제로 향기도 좋다.

싱크대, 가스레인지, 욕조	중조와 식초를 3 : 1로 섞어서 중조 페이스트를 만든다. 심한 얼룩은 중조 페이스트를 바르고 몇 분 동안 놔두고 나서 닦으면 쉽게 떨어진다. 중조는 베이킹파우더 용도뿐만 아니라 의약품, 사료, 연마제, 탈취제 등 다양한 용도로 사용되는 안전한 물질이다. 좋은 향기가 나는 식초를 사용하면 청소 후에도 기분이 좋다.
눌어붙은 냄비	소금, 재, 중조 페이스트를 칠하고 수세미로 문지른다. 미지근한 물에 몇 시간 담아둔 후에 문지르면 잘 떨어진다.
배수구	배수구에 중조 1/4컵을 넣고 그 위에 데운 식초 1컵을 흘려보낸다. 10분간 그대로 놔둔 후, 열탕을 흘려보낸다. 보온병의 때도 같은 방법으로 씻는다.
음식 쓰레기	깨끗하게 씻은 후 중조를 약간 넣어서 냄새를 지우고 로즈 제라늄 잎을 넣어두면 악취가 나지 않는다.
냉장고	냄새를 없애기 위해서 중조와 재를 용기에 넣고 뚜껑을 닫은 다음 냉장고에 넣어둔다. 냉장고 내부의 때는 라벤더 비니거로 벗겨낸다.
목제가구	라벤더와 밀랍 가구용 왁스로 닦으면 나무가 오래가고 윤기가 난다. 또 방에는 라벤더 향이 감돈다.
카펫	중조를 뿌리고 청소기를 돌리면 냄새가 사라진다.

식물들은 마음을 주는 만큼
매일매일 조금씩 자라납니다.
정성껏 물을 주고 살펴보면서
식물들과 교감해보세요.

허브 화분
오래 키우기

다년초 허브를 건강하게 키우려면 가끔 가지치기를 해줘야 합니다. 봄에는 겨울 동안 시든 대와 가지를 제거하고 어린 싹이 나오도록 확실하게 가지치기합니다. 서리에 약한 허브는 추워지면 가지치기를 해서 실내에 옮겨 둡니다.

재패니즈 허니서클(인동), 재스민, 웜우드(쓴쑥), 서던우드(개사철쑥), 라벤더, 센티드제라늄, 구스베리 등의 다년초는 봄에 가는 대와 덩굴이 성장하거나 너무 번식하면 10~30cm 정도 가지치기한다.

라벤더, 베르가못, 캣민트는 6월에 개화한 후에 다 핀 꽃을 딴다.

레몬버베나, 유칼립투스 등 서리에 약한 허브는 추워지면 가지치기를 해서 실내에 옮긴다. 너무 커서 실내에 옮길 수 없다면 두껍게 짚으로 둘러서 처마 밑으로 옮겨 서리 피해를 막는다.

타임, 세이버리, 라벤더, 히솝 등의 다년초는 가을에 대를 약 3cm 치고, 봄에 또 약 3cm 쳐서 너무 넓어지지 않도록 잘 키운다.

레몬버베나, 세이지, 루, 세인트존스워트 등 무성해지기 쉬운 허브는 초봄에 새싹 바로 앞까지 가지를 친다.

카모마일, 샐비어, 멕시칸 세이지, 파인애플 세이지, 베르가못, 오레가노 등 꽃이 피는 다년초 허브는 늦가을에 잎이 시든 대를 지상 5cm까지 쳐서 깔끔하게 해둔다.

처빌, 바질, 로즈제라늄, 파슬리, 코리앤더, 레몬밤, 민트는 가지와 잎이 잘 무성해지도록 성장한 대의 끝과 꽃을 딴다.

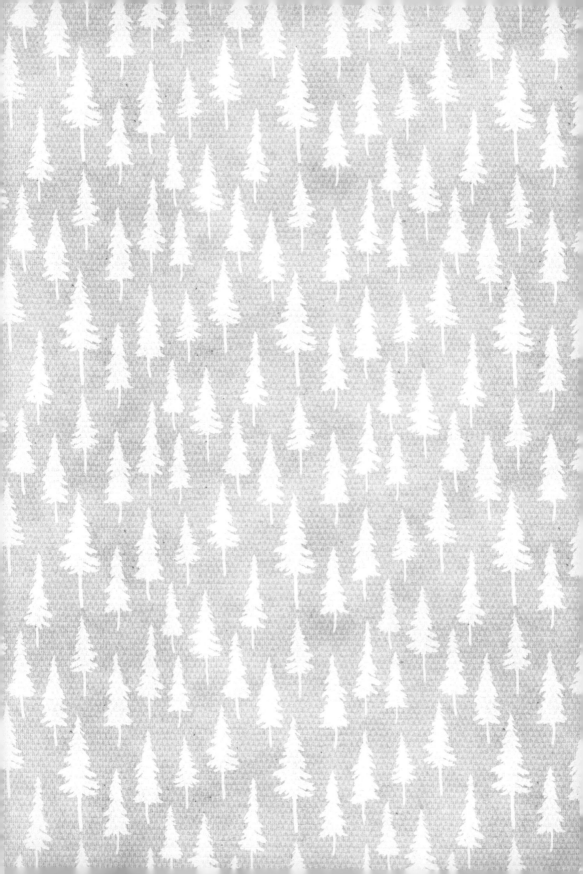

It's
SUMMER

이제 여름이 왔다,
따뜻하고 아름다운 여름이.

_ 한스 크리스찬 안데르센

"쓰르람, 쓰르람……."

쓰르라미의 쓸쓸한 울음소리가 들리면
장마가 끝나고 진짜 여름이 시작되죠.
여름의 시작 무렵 정원에서 보내는 시간은
밥을 먹거나 저녁이 되면 자는 것과 마찬가지로
편안하고 익숙한 시간입니다.

정원 흙의 영양과 수분, 햇빛은
허브와 채소를 키워주고
일상에 필요한 것들을 선물로 주지요.
그리고 내게도 무한한 에너지를 줍니다.

알싸한 향기와 함께
여름밤을 보내요

"쓰르람, 쓰르람……."

쓰르라미의 쓸쓸한 울음소리가 들리면 장마가 끝나고 진짜 여름이 시작되죠. 여름 두 달 동안 저녁 무렵에는 정원에 꼭 물 뿌리기를 해야 합니다. 쓰르라미의 계절이 끝나면 매미의 계절이 오고, 그다음은 가을 곤충 시즌이 되죠. 그즈음에는 저녁 물 뿌리기를 할 필요가 없습니다.

영국에서 나고 자란 나는 아는 벌레가 몇 종류 되지도 않았습니다. 매미 소리 같은 벌레 소리를 영국에서는 들어본 적이 없었죠. 그런데 오하라의 허브 정원에는 수많은 벌레가 찾아옵니다. 눈살을 찌푸리게 하는 해충이 있는가 하면, 두 팔 벌리고 환영하고 싶은 곤충도 있습니다. 늘 창문을 열어두기 때문에 잠자리와 나비, 벌들이 제집 드나들 듯 왔다 갔다 합니다.

저녁에는 꼭 모기장 속에서 잡니다. 요즘에는 모기장을 구하기가 참

어려워요. 운 좋게도 옛날 도구를 파는 가게에서 발견해서 샀습니다. 자기 전까지는 모기향을 피우지만 저녁에 잘 때는 아무래도 연기가 신경이 쓰여서 모기장을 사용합니다. 또 밭에서 작업을 할 때나 캠프를 갈 때는 직접 만든 벌레 쫓는 약을 피부에 바릅니다. 벌레 퇴치에 효과가 있는 시트로넬라와 레몬그라스로 만든 것이지요.

옷을 먹는 좀벌레를 무찌르기 위해서 라벤더와 쑥, 탄지를 넣은 작은 면 주머니를 옷장 곳곳에 놔두었습니다. 독일붓꽃 파우더는 카펫의 방취 효과도 있지만, 진드기 퇴치에도 효과가 있습니다. 또 유칼립투스나, 서던우드도 진드기 퇴치에 효과가 있죠. 콩류나 밀가루를 보관하는 병 속에 월계수 잎을 몇 장 넣어두면 곡상충이 예방됩니다.

그리고 정원에는 허브를 많이 심어서 해충이 범접할 수 없도록 합니다. 페니로얄민트는 낮게 뻗어가는 민트로 디딤돌과 디딤돌 사이에도 잘 자라기 때문에 잡초를 방지하는 데 좋습니다. 개미와 모기도 페니로얄민트를 싫어해서 집 둘레에 심습니다. 남아프리카산 센티드제라늄은 장미, 사과, 레몬, 오렌지, 살구, 딸기 등 달콤한 향기가 나는데, 꽃도 예쁘답니다. 어쨌든 모기와 뱀이 센티드제라늄을 싫어하기 때문에 남아프리카에서는 집 주변에 많이 심는다고 해요. 추위에 약해서 오하라에서는 화분에 심어서 겨울에는 집 안에 넣어두고 여름에는 창밖에 죽 늘어놓습니다. 또 유럽에서는 부엌 창틀에 바질과 루 화분을 놓는데, 이것은 파리를 쫓기 위해서죠.

채소 농원을 만들 때는 채소 근처에 벌레 퇴치 효과가 있는 허브, 예를 들면 웜우트, 바질, 프렌치메리골드, 나스터튬 등을 심으면 진딧물이나 민달팽이, 달팽이, 여러 곤충의 애벌레 등을 막아 줍니다. 또 정원과 채소 농원에 익충과 해충의 천적을 불러들이는 것도 중요합니다. 처빌, 코리앤더, 딜, 파슬리, 민트, 서양톱풀과 같은 허브는 익충을 불러들이면서 아름다운 꽃도 피워서 늘 심습니다. 정원과 밭은 청소, 잡초 뽑기, 물주기를 해서 늘 건강한 상태로 유지하려고 노력합니다. 해충이 숨을 만한 곳이 없도록 말이죠.

어느 학자의 연구에 따르면, 식물은 해충으로부터 몸을 지키는 자기 방어책을 가지고 있다고 합니다. 일정한 양의 잎을 벌레와 동물들에게 먹히는 것으로 건강해지는 식물도 몇 종류 있습니다. 그런데 일정량 이상을 먹히면 시들어버리기 때문에 더는 먹지 못하도록 자기 방어책의 일환으로 어떤 물질을 합성한다고 합니다. 재밌죠?

앗! 그러고 보니 우리 집에도 자기 방어책을 쓰고 있는 허브가 있네요. 바로 코리앤더예요. 남편이 코리앤더를 무척 좋아합니다. 그래서 많이 먹습니다. 그런데 코리앤더가 꽃봉오리를 맺으면 남편은 코리앤더를 안 먹는답니다. 어느 날 내가 왜 안 먹느냐고 물으니까, "맛이 이상해."라고 대답하더군요. 혹시 코리앤더가 남편으로부터 제 몸을 지키기 위해서 맛없는 성분을 만들어내는 게 아닐까 하는 생각이 드네요.

따사로운 햇볕은
여름을 맞이한 허브들에게
선명하고 눈부신 색을 선물하죠.
화려한 꽃들이 만발한 여름의 정원은
잔잔했던 마음까지도 들뜨게 한답니다.

7월

변치 않는 아름다움의 비밀은
마음에 있어요

"늘 아름답게 지내는 비결은 바로 마음에 있단다."

아버지가 돌아가시기 전에 남기신 말씀입니다. 당시 열세 살이었던 내게는 너무 어려운 말이었습니다. 물론 그 의미도 몰랐죠.

나는 열두 살 때 처음 화장을 했습니다. 친구들과 파티에 가야 했거든요. 어린 마음에 아무도 댄스 신청을 안 해오면 어쩌나 하는 불안감 때문에 예쁘게 보이려고 수단과 방법을 가리지 않았습니다. 파마도 하고, 헤어스프레이도 뿌리고, 매니큐어까지 칠했습니다. 물론 파운데이션과 페이스 파우더, 아이라이너, 아이섀도, 마스카라, 아이브러시, 립스틱 등 찍어 바를 건 다 찍어 발랐습니다. 당시에는 화려한 화장이 유행이었습니다. 하지만 지금 생각해 보면 젊고 아름다운 피부를 가지고 있었던 내게 화장은 바보같은 짓이었습니다. 그런데도 마치 벽에 페인트칠을 하듯 열심히 화장을 했어요.

스무 살 때 영국에서 인도로 육로 여행을 떠났습니다. 여행 도중에 만난 인도 여성들은 화장하지 않았는데도 참 아름다웠습니다. 그 여행을 계기로 화장품을 안 쓰기로 결심했습니다. 그러나 스킨케어를 위한 화장수와 유액, 크림 같은 기초 화장품은 그 후에도 계속 사용했습니다. 비싼 것이 좋다고 생각하고 있어서 돈도 꽤 썼습니다. 그런데 오하라에서 허브를 알게 되면서 미용 관련 제품도 거의 사지 않게 되었습니다. 허브를 사용해서 직접 만들어 쓰게 되었거든요. 몇 번의 시행착오를 거쳤지만, 지금은 훌륭한 베네시아표 오리지널 허브 화장품을 사용하고 있습니다.

처음에는 로즈마리 샴푸를 만들었습니다. 완성된 샴푸는 예상과는 달리 갈색이었고 그다음에 만든 라벤더 비누도 옅은 갈색이었습니다. 처음 만들며 예상했을 때 로즈마리 샴푸는 투명한 그린, 라벤더 비누는 옅은 보라색이었습니다. 시판 제품이 그런 색이니까요. 그런데 이유를 생각하고 연구하면서 시판 제품은 착색과 보존, 발효, 유화를 위해 화학적 첨가물이 들어갔다는 사실을 알게 되었습니다. 직접 만든 샴푸와 비누는 색도 별로고 거품도 잘 안 나지만 피부에 좋고 자연의 향인데다 무엇보다 어떤 재료가 들어 있는지 알고 있어서 안심하고 사용할 수 있답니다.

옛날 사람들은 자연의 식물과 생물로부터 바디 제품을 만들어 썼습니다. 일본에서는 헤어와 스킨케어에 동백유, 피부의 윤기를 위해서 수세미 물, 피부의 얼룩을 빼거나 희게 하기 위해서 꾀꼬리의 똥, 붉은 꽃에서 만든 립스틱 등을 사용했다고 합니다. 바디케어 제품이 확산된 것은 제2차 세계대전 후의 일로 불과 60여 년 정도밖에 되지 않을 만큼 역사가 짧습니다.

피부는 추위와 더위, 습한 정도에 따라 큰 차이를 보이고, 환경과 건강에 해를 주는 병원균과 유해물질로부터 몸을 지키는 중요한 역할을 합니다. 또 체외물질을 흡수하고 호흡을 하고 있어요. 피부에 직접 바르는 화장품은 체내에 흡수되고 있는 셈입니다. 그런데 그 화장품에 유해물질이 포함되어 있다면 당연히 건강에 적신호가 나타나겠죠.

화장(cosmetic)의 어원은 그리스어 코스메티코스(Kosmetikos)입니다. 뜻은 우주와의 조화이고요. 그래서 육체와 정신이 우주와 조화를 이뤄서 균형이 잘 맞고 있는 상태가 아름다움이라는 의미가 아닐까 생각해 봅니다. 건강하고 밝고 진취적으로 생활하고 있다면 활기찬 눈빛과 반짝거리는 얼굴, 웃음이 온몸에서 넘쳐흘러서 나이를 초월한 아름다움으로 주위까지 밝게 만들 것입니다. 아버지가 말씀하신 "늘 아름답게 지내는 비결"이란, 바로 이런 것이 아닐까 싶습니다.

장미 꽃잎들을 곱게 말려서 포푸리를 만들면
집 안 곳곳에 달콤한 장미 내음이 은은하게 퍼집니다.

향기로운 것들을 늘 곁에 두면
몸도 마음도 아름다워지는 것 같아요.

향긋한 허브로
몸과 마음을 치유해요

약초의 역할을 하는 허브에 흥미를 갖게 된 것은 네 번째 아이 유진을 임신했을 때부터입니다. 당시 마흔세 살로 출산을 하기에는 무리가 있는 나이였어요.

첫 번째 결혼으로 세 명의 아이를 낳았습니다. 그때는 20대 초반으로 젊었습니다. 지금 생각하면 세상물정 모르는 철부지였습니다. 매일 일에 치여서 육아와 가정에 눈을 돌릴 틈도 없었습니다. 그래서 유진을 가졌다는 걸 알고는 좋은 엄마가 될 수 있는 기회를 하느님이 주신 거라고 생각했답니다.

영국의 여동생에게 임신 소식을 알리자 가정용 의학책을 보내왔습니다. 그 책에는 감기와 복통 등 가벼운 병을 집에서 치료하는 방법에 대한 설명이 나와 있었습니다. 그리고 추가로 허브와 아로마 테라피, 동종요법 등의 동양의학과 같은 대안 의료에 대해서도 소개하고 있었어요. 아기가

다양한 허브들을 가장 싱싱할 때 수확해서 말린 다음 밀폐용기에 넣어서 라벨을 붙여서 보관합니다.

육체적으로도 정신적으로도 건강하게 태어났으면 하는 바람을 가지고 있던 내게 그 책은 구세주였습니다. 나는 유기농 먹거리로 요리를 하고 카페인과 알코올이 들어간 음료, 의약품을 섭취하지 않도록 조심하고 또 조심했습니다.

의약품 대신에 사용하기 시작한 것이 바로 허브였어요. 허브에는 의약품과 같은 부작용이 없습니다. 허브에는 다양한 약효 성분이 함유되어 있고, 그 성분들이 몸과 마음을 치유해 줍니다. 나는 입덧을 완화시키기 위해서 레몬밤과 카모마일, 시나몬, 생강으로 허브 티를 만들어 마셨습니다. 뜨거운 물로 허브를 우려내는 것만으로 허브가 가진 약효 성분을 섭취할 수 있었습니다. 약을 마신다기보다 편안하게 차를 마시는 느낌으로 맛을 음미하고 향을 즐기면서 아로마 테라피의 효과도 볼 수 있었죠.

산달에는 라즈베리 잎 차를 마셨습니다. 라즈베리의 잎은 자궁과 골반 주위 근육을 조절해 줍니다. 아프리카에서는 출산에 좋은 차로 알려져 있다고 해요. 그래서 그런지 무려 4.2kg이나 나가는 유진을 큰 고생 없이 낳았습니다. 조산사의 말에 따르면 조산원을 시작한 이래 두 번째로 큰 아이라고 하더군요.

병의 예방과 건강 유지를 위해 허브는 우리 집에 없어서는 안 되는 중요한 존재가 되었습니다. 감기에 걸렸을 때는 비타민C가 레몬의 4배나 함유되어 있는 로즈힙 허브 티에 벌꿀을 넣어서 마십니다. 해열에는 서양톱풀과 민트 허브 티, 목이 아플 때는 타임, 유자, 생강으로 만든 시럽, 기침에는 히솝, 생강, 타임으로 만든 시럽을 마시고 수면을 충분히 취합니다.

아파서 공부 못할까봐 얼른 병원에 가서 주사를 맞고 약을 먹이는 어머니들이 많다고 합니다. 하지만 오히려 가벼운 병을 앓으면 피곤한 몸과 마음이 휴식을 취할 수 있게 됩니다. 열과 땀을 통해서 몸속에 있던 독소를 밖으로 배출시키는 거죠. 특히 아이는 가벼운 병과 몇 번이고 싸우면서 면역력을 키워갑니다. 가벼운 감기와 복통 정도로 항생물질을 복용하면 정말로 힘든 병원균이 몸속에 들어왔을 때 약이 듣지 않게 됩니다. 예로부터 약초로 사용되어 온 허브는 지친 몸과 마음을 치유해주는 힘을 지니고 있습니다. 그 쓰임새에 맞게 잘 사용하면 어떤 값비싼 약보다 좋은 효과를 볼 수 있답니다.

허브에 대해 알수록 즐거워요.
하나하나 만져보고 살펴보면서
이름과 쓰임새를 알아가는 시간은
하루 중 가장 행복한 순간입니다.

벌레 퇴치 주머니
Herb Moth Bags

라벤더 향 블렌드 재료

쑥, 라벤더, 탄지, 로즈마리, 코리앤더 2큰술, 주머니, 면, 리본

민트 향 블렌드 재료

세이지, 산토리나, 페니로얄민트, 올리스루트 2큰술, 주머니, 면, 리본

벌레 퇴치에 효과가 있는 허브를 주머니에 넣어 옷장 서랍이나 옷장에 넣어두면 좀벌레를 막을 수 있습니다. 코리앤더나 독일붓꽃은 향이 오래갑니다. 말린 허브를 한 주먹씩 넣어서 나만의 오리지널 허브 주머니를 만들어 보세요.

1. 천을 10cm×15cm의 사각형으로 잘라서 3면을 박아 주머니를 만든다.
2. 블렌딩한 말린 허브를 넣어서 리본으로 묶는다. 속 내용물인 허브는 해마다 바꾼다.

애견용 허브 배스
Rusty's Herbal Bath

재료

페니로얄민트, 페퍼민트, 로즈마리, 산토리나(건조한 것 혹은 신선한
것, 잎 달린 가지, 전부 약 200g), 물 2리터, 미지근한 물 3리터

애완동물에게도 벌레 퇴치 효과가 있는 허브를 넣어서 쿠션을 만들어 주면 벼룩과 이를 방지해 줘서 좋습니다. 말린 페니로얄민트는 특히 벼룩에 효과가 있고 파인 에센셜 오일을 몇 방울 떨어뜨리면 더욱 효과적입니다. 고양이용으로 말린 캐트닙의 잎을 쿠션에 넣으면 고양이가 무척 좋아합니다. 가끔 오하라에 산책 오는 친구 찰스의 애견 러스티를 위해서 허브 배스를 만들었습니다.

1. 냄비에 물과 허브를 넣고 약 30분간 끓인 후 걸러서 전액을 만든다.

2. 1과 미지근한 물을 양동이에 넣는다.

3. 애완동물을 목욕시킬 때, 마지막에 2로 린스를 한다.

＊벼룩 퇴치를 위해서 애완동물의 목줄을 2에 담가두면 좋다.

베네시아의 허브 레시피

헤어토닉
Hair Loss Tonic

재료

주니퍼베리 에센셜 오일 10방울, 로즈마리 에센셜 오일 8방울, 서던우드 혹은 메리골드 에센셜 오일 7방울, 유기농 버진 올리브 오일 10작은술

혹시 남편의 머리카락이 빠지거나 머리숱이 줄었다고 걱정하고 있지는 않나요? 남동생이 머리카락 때문에 고민하고 있거든요. 그래서 허브로 헤어토닉을 만들어 줬더니 아주 효과가 좋다고 기뻐했습니다. 주니퍼베리는 소독과 해독 작용이 있어서 남성용 향수에도 사용되죠. 로즈마리는 모근을 자극하고 서던우드와 메리골드는 털이 빠지는 것을 방지합니다. 아래 재료를 섞어서 유리병에 담기만 하면 됩니다.

1. 샴푸를 하기 전에 이 오일을 두발에 약간 발라서 마사지를 하고 수건으로 싸서 2시간 동안 놔둔다.
2. 두피를 잘 마사지하면서 샴푸로 씻어 유분을 제거한다.

베네시아의 허브 레시피

헤나 염색과 컨디셔너
Henna Hair Dye & Conditioner

재료

헤나 파우더 1컵, 뜨거운 물 1컵, 사과 식초 1~3작은술, 유리 볼 1개, 나무 숟가락 1개, 비닐장갑 1짝

■ **컨디셔닝 효과를 높이려면**
　달걀 1개, 요구르트 2큰술

■ **밝은 적갈색으로 염색하려면**
　레몬즙 1개분, 식초 3큰술

■ **갈색으로 염색하려면**
　하루 정도 실온에 둔 원두커피 약 1컵

헤나는 북아프리카와 남서아시아가 원산지인 저목식물입니다. 잎을 말려서 가루로 만든 것이 헤나 파우더로 털 염색과 컨디셔너로 사용하고 있습니다. 헤나는 머리카락을 프로틴으로 감싸서 유분을 보호해 줍니다. 헤나 파우더를 그대로 사용하면 적갈색이지만, 색을 바꾸고 싶을 때는 위의 재료를 섞습니다. 헤나를 칠한 후 랩으로 헤어를 감싸고 그 위를 스카프 등으로 터번처럼 두르면 손님이 갑자기 찾아와도 전혀 당황스럽지 않아요.

1. 염색하기 1시간 전에 유리 볼에 사용하는 재료를 다 넣고 죽처럼 걸쭉해질 때까지 젓는다.

2. 비닐장갑을 끼고 붓으로 머리카락의 끝부분에 1을 바른다.

3. 머리카락에 전체적으로 잘 착색되도록 손가락으로 마사지를 한다.

4. 랩을 씌우든지 샴푸 캡을 쓰고 1~3시간 정도 그대로 둔다. 오래 두면 둘수록 색이 강해진다.

5. 물에 색이 빠지지 않을 때까지 머리카락을 헹구고 샴푸로 씻는다.

＊ 헤나는 금속과 반응하므로 재료를 섞는 볼과 숟가락은 유리나 나무를 사용한다.

로즈마리와 다시마 샴푸
Rosemary & Kombu Shampoo

재료

로즈마리(건조한 것 혹은 신선한 것, 10cm 정도의 가지) 6개, 말린 다시마(약 10cm) 1장, 생 로즈마리(장식용) 1개, 로즈마리 오일 2방울, 물 3컵, 순수 분말비누 4큰술

로즈마리에는 토닉 효과가 있어 모근을 자극해서 머리카락의 질을 강화시키고 머리카락의 재생을 촉진합니다. 또 탈모나 노화도 방지합니다. 특히 자연스러운 검은색을 연출하기도 하죠. 미네랄 성분이 풍부한 다시마는 윤기 있는 머리카락을 만들어 줍니다. 다시마를 넣으면 샴푸가 걸쭉해져서 사용하기 쉽습니다.

1. 냄비에 로즈마리와 다시마, 물을 넣은 다음 뚜껑을 덮고 끓인다.
2. 끓으면 불을 약하게 줄이고 다시 20~30분 끓여서 전액을 만든다(완성된 전액의 양이 2컵이 되도록 물의 양을 조절한다).
3. 2를 걸러서 그 속에 순수 가루비누를 넣어서 녹인 다음 샴푸 용기에 옮겨 담는다.
4. 3에 로즈마리 오일과 장식용 로즈마리를 넣는다.
* 잠시 놔두면 갈색으로 변하지만 상한 게 아니다. 가능한 한 2개월 안에 다 사용하는 것이 좋다.

베네시아의 허브 레시피
카모마일 샴푸
Chamomile Shampoo

재료
뜨거운 물 2컵, 카모마일 꽃(신선한 것 혹은 건조한 것) 4큰술, 간 비누(혹은 가루비누) 2큰술, 글리세린 3큰술, 레몬 즙 1개분

1. 카모마일 꽃을 30분 동안 열탕에 담가뒀다가 거른다.

2. 1이 식기 전에 비누, 글리세린, 레몬 즙을 넣고 잘 섞는다.

3. 유리병에 넣어서 하룻밤 재운다.

4. 잘 흔들어 사용한다.

알로에 화장수
Aloe Astringent

재료

증류주 1.8리터, 알로에 대 약 250g(폭 3cm × 길이 10cm, 알로에 베라가 가장 효과가 있다.)

알로에는 상처를 진정시키는 효과가 있다고 해서 고대 이집트 사람들은 영원의 식물로 여겼습니다. 피라미드 안에도 알로에 그림이 그려져 있습니다. 영원한 아름다움을 기원하며 스킨케어에 알로에를 사용한 클레오파트라는 이 유용한 식물을 손에 넣기 위해서 전쟁까지 불사했다고 하네요.

1. 알로에를 씻어서 말린다.

2. 증류주 속에 알로에를 넣고 핑크색이 될 때까지 1~2개월 정도 둔다.

3. 알로에를 꺼내서 작은 병에 나누어 보관한다. 알로에 대를 1~2조각 장식으로 넣는다. 1년 이상 사용이 가능하다.

* 보통 화장수와 마찬가지로 피부에 직접 바른다. 알로에 잎 속의 젤리를 직접 바르면 피부에 탄력이 생긴다.

베네시아의 허브 레시피
포트메리골드 로션
Pot Marigold Water

재료
포트메리골드(말린 꽃잎) 50g, 물 1리터, 글리세린 적당량

정원에 포트메리골드를 많이 키우고 있습니다. 이 허브는 피부를 매끄럽게 하고 베인 상처와 찰과상을 치유하는 효과가 있습니다. 그래서 로션과 크림, 비누 등을 만들 때 사용하면 좋아요. 오렌지와 노란색 꽃이 있는데, 화장품에는 오렌지색이 적당합니다. 꽃이 피기 시작할 무렵 꽃잎을 수확해서 그늘에서 건조시킵니다. 포트메리골드는 벌레 퇴치 효과가 있는 프렌치메리골드와는 다른 종류니까 헷갈리지 않도록 주의하세요.

1. 먼저 포트메리골드의 전액을 만든다. 냄비에 꽃잎과 물을 넣어서 끓이고 약불에서 30분 동안 끓인 다음 거른다.

2. 밀폐 가능한 유리병에 1의 포트메리골드의 전액과 글리세린을 1 : 1로 넣고 병을 잘 흔들어서 섞는다.

* 남은 포트메리골드의 전액은 냉동해 두고 로션과 크림, 비누를 만들 때 사용한다.

로즈 워터
Rose water

재료
장미 꽃잎(신선한 것) 1컵, 보드카 1컵

로즈 워터는 향이 좋고 피부를 부드럽게 하는 작용이 있습니다. 향수와 화장수로 사용할 수 있지만 크림이나 로션 재료로도 사용됩니다. 향이 좋고 약용 효과도 있는 장미를 선택하는 것이 좋습니다. 예를 들면 중세 영국에서 자주 사용되었다고 하는 아포사카리 로즈, 로즈힙티로 사용하는 도그로즈, 일본산인 해당화, 향이 강하고 오하라에서 제일 키우기 쉬운 털찔레 등이 있어요. 꽃잎을 모아서 보드카에 절여 놓으면 두고두고 쓰기 좋답니다.

1. 밀폐 가능한 유리병에 꽃잎을 넣고 보드카를 붓는다.

2. 뚜껑을 덮고 잘 흔들어 그늘진 곳에 6일간 둔다. 그 사이에 매일 흔들어 잘 섞는다.

3. 걸러서 밀폐 가능한 짙은 색 병에 넣어 보관한다. 1년 정도 보관이 가능하다.

베네시아의 허브 레시피

장미 꽃잎 포푸리
Traditional Moist Rose Petal Potpourri

재료

장미 꽃잎(신선한 것) 4컵, 스위트 맨틀의 잎(건조한 것) ¼컵, 월계수 잎(건조한 것) ¼컵, 오렌지 혹은 레몬, 차림 등의 껍질(건조한 것) ½컵, 시나몬(가루) 1큰술, 메이스(가루) 1큰술, 올스파이스(가루) 1큰술, 정향(가루) 1작은술, 육두구(가루) 1작은술, 독일붓꽃(가루) 2큰술, 알 굵은 소금 2컵, 장미꽃 봉오리(건조한 것, 장식용) 1컵

옛날 유럽에서는 향기가 있는 허브를 방바닥, 특히 다이닝룸과 주방 바닥에 뿌려서 실내의 향기를 좋게 했다고 합니다. 영국의 전통적인 방식인 소금 절임으로 발효시킨 포푸리를 소개합니다.

1. 향기가 좋은 장미 꽃잎을 모아서 반건조시킨다.

2. 큰 유리 용기에 꽃잎을 깔고 소금을 뿌리는 작업을 반복해서 꽃잎과 소금이 층상이 되도록 한다.

3. 2의 용기의 뚜껑을 덮지 않고 바람이 잘 통하는 그늘진 곳에 10일간 둔다.

4. 꽃잎의 수분으로 딱딱한 소금을 녹인다.

5. 장식용 장미 봉오리 이외의 다른 재료 모두와 4를 섞고 밀폐용기에 넣고 한 달 반 정도 놔두고 가끔 섞는다.

6. 완성된 포푸리는 뚜껑 달린 유리용기에 넣고 장미의 봉오리를 장식한다.

*평상시에는 포푸리를 넣은 용기의 뚜껑을 덮어두고 향기를 즐기고 싶을 때만 뚜껑을 열면 향기가 오래간다.

차조기 주스
Shiso Juice

재료

빨강 차조기(신선한 것) 100g, 파랑 차조기(신선한 것) 200g, 구연산 25g, 설탕 1kg, 물 2리터

6월이 되면 오하라는 특산품인 차조기 절임의 재료가 되는 차조기의 수확을 앞두고 온통 보라색으로 물듭니다. 동네의 이케다 할머니께 배운 레시피에요. 여든다섯 살인 이케다 할머니는 이 주스를 매일 마신 덕분에 아주 건강하고 거의 아프지도 않습니다. 빨강 차조기와 파랑 차조기를 같이 사용하면 더 예쁜 빨강 주스가 됩니다. 최근 연구에 따르면 차조기는 감기와 식중독만이 아니라 꽃가루 알레르기와 천식을 완화시키는 작용도 있다고 해요.

1. 큰 냄비에 물을 끓이고 씻은 차조기 잎을 넣는다. 다시 끓으면 약불로 줄여서 다시 약 10분 간 끓인다.

2. 불을 끄고 구연산을 넣은 다음 잘 섞어서 녹으면 체에 거른다. 마지막 1방울까지 꼭 짠다.

3. 국물을 냄비에 다시 붓고 중불로 데운 다음 설탕을 넣고 잘 섞는다. 위에 뜬 거품을 제거하고 다시 한 번 끓이고 나서 불을 끈다.

4. 멸균 처리한 뚜껑 달린 병에 넣어서 서늘하고 그늘진 곳이나 냉장고에 보관한다.

* 마실 때는 물과 소다를 약 5배로 희석해서 마신다. 우유를 섞으면 요구르트 드링크처럼 걸쭉한 음료수 가 된다.

처빌을 넣은 양송이 수프
Mushroom Soup with Chervil

재료

양송이(통째로 대충 자른다) 120g, 치킨 맛국물 2컵, 생크림 ½컵, 옥수수 전분 1큰술, 처빌 3큰술(신선한 잎을 다진 것), 소금과 후추 약간, 우유 약간

저지 섬에 살던 어린 시절, 종종 목초지에 양송이를 따러 다녔습니다. 아직 풀이 안개에 젖어 있는 이른 아침에 딴 양송이의 맛은 지금도 잊을 수 없어요. 처빌은 비타민 C와 철분, 마그네슘이 풍부합니다.

1. 냄비에 치킨 맛국물을 넣고 양송이를 넣어서 약 15분간 끓인다.

2. 1을 믹서기로 갈아서 퓌레 상태로 만들고 냄비에 다시 넣는다. 중불로 데운 후 우유 약간 혹은 물에 녹인 옥수수 전분을 넣어서 끓이다가 걸쭉해지면 약불로 줄이고 소금과 후추로 간을 한다.

3. 불을 끄고 생크림을 넣고 처빌로 장식한다.

* 양송이 대신에 다른 버섯을 사용해도 맛있다.

허비 햄버그스테이크
Herby Hamburger

재료

쇠고기 혹은 쇠고기+돼지고기 간 것 400g, 달걀 1개, 간장 1작은술, 양파(다진 것) 1개, 버터 2큰술, 빵가루 40g, 스위트 마조람, 타임, 바질(신선한 잎을 다진 것) 각 3작은술, 파슬리(신선한 잎을 다진 것) 1큰술, 소금과 후추 약간

아이들은 햄버그스테이크를 무척 좋아합니다. 아들 유진은 허브가 많이 들어갔다고 하면 더 좋아하죠. 쉽게 만들 수 있는 허브 풍미의 햄버그스테이크입니다.

1. 프라이팬에 버터와 양파를 넣고 양파가 투명해질 때까지 잘 볶은 다음 식힌다.

2. 볼에 1과 다른 모든 재료를 넣고 손으로 반죽한다.

3. 2를 4등분해서 형태를 만들고 프라이팬으로 굽는다. 먼저 약불로 타지 않게 잘 굽고 속까지 잘 익힌다.

* 빵에 햄버그스테이크, 양상추, 슬라이스한 토마토를 끼우고 햄버거로 먹어도 좋고 밥과 익힌 채소를 곁들여서 소스를 뿌려 먹어도 좋다.

지중해식 장어덮밥
Mediterranean Eel Donburi

재료(4인분)

가지, 파프리카(적당한 크기로 자른다. 2cm) 2개, 양파(적당한 크기로 자른다. 2cm) 1개, 토마토(적당한 크기로 자른다. 2cm) 3개, 마늘(다진 것) 3조각, 올리브 오일 2큰술, 소금과 후추 적당량, 간장 1큰술, 장어 구이(시판) 2마리, 바질(신선한 것) 12장, 산초 잎 4장

여름 채소를 익힌 프랑스 요리 라타투이(프랑스 프로방스 지방의 전통적인 야채 스튜: 옮긴이) 와 일본 요리인 장어구이를 조화시킨 베네시아표 요리입니다. 금방 만들 수 있고 여름 점심식사로 제격인데다 채소도 많이 들어가서 영양 면에서도 손색이 없습니다.

1. 먼저 라타투이를 만든다. 두꺼운 냄비에 올리브 오일을 넣고 마늘을 약불로 가볍게 볶는다.

2. 양파, 파프리카, 가지를 1의 냄비에 넣고 중불로 볶는다.

3. 2에 토마토를 넣고 소금과 후추, 간장으로 간을 하고 뚜껑을 덮어서 약불로 20분 동안 찐다.

4. 장어를 오븐이나 그릴로 데우고 5cm 길이로 자른다.

5. 따뜻한 밥을 그릇에 담고 라타투이를 올리고 그 위에 장어를 올린다. 산초와 바질 잎으로 장식한다.

* 바질은 나이프로 자르면 색이 변하므로 먹기 직전에 손으로 찢는다.

베네시아의 허브 레시피

지중해 스타일 샐러드
Mediterranean Summer Salad

재료(6인분)

빨강 파프리카 4개, 양파(3mm 슬라이스) 1개, 토마토(빗 모양으로 자른
다) 3개, 달걀(완숙으로 삶아서 껍질을 벗긴 다음 4등분으로 자른다) 4개,
미즈나(겨자과 채소), 레몬 바질, 퍼플 바질, 차조기 등 적당량, 장식
용 식용 꽃 6송이 정도

드레싱 재료

굵은 소금 1작은술, 후추 ½ 작은술, 레드와인 비니거 2큰술, 올리
브 오일 6큰술, 마늘(으깬 것) 2쪽

어린 시절 의붓아버지인 대들리 씨는 우리 형제들을 영국에서 지중해까지 항해를 시
켜 주었습니다. 그리고 내게 요리사 임무를 맡기고 여러 가지 요리를 가르쳐주었죠.
"베네시아는 멋진 아내가 될 거야!"라고 말하면서 말이죠. 이 샐러드는 그때 배운 음식
입니다.

1. 재료를 섞어서 드레싱을 만든다.

2. 빨강 파프리카는 겉 표면만 살짝 익힌 다음 슬라이스한다.

3. 샐러드 볼에 2와 양파를 넣고 드레싱으로 무친 다음 30분 정도 재워둔다.

4. 3의 샐러드 볼에 샐러드용 스푼과 포크를 교차시켜 그 위에 녹색 채소를 올린다(이렇게 하면
   녹색 채소가 드레싱에 닿지 않는다).

5. 삶은 달걀, 토마토, 허브로 장식한다.

태국 스타일
코리앤더 풍미 닭고기 그릴
Grilled Coriander Chicken

재료(4인분)

코리앤더(신선한 잎을 다진 것) 30g, 붉은 고추(씨를 빼고 다진 것) 1개, 닭 가슴살 혹은 다리살 4장, 라임(빗 모양으로 자른 것) 1개

마리네이드용 국물 재료

마늘(다진 것) 3쪽, 라임 즙과 껍질 간 것 1개분, 남프라 2큰술, 간장 2큰술, 설탕 1큰술, 땅콩 오일 4큰술, 소금과 후추 약간, 코리앤더 씨(살짝 으깬 것) 1작은술

내가 만드는 수많은 요리 중에서 특히 남편이 좋아하는 요리입니다. 코리앤더 잎은 인도에서는 다니아, 태국에서는 파쿠치, 중국에서는 샹차이라고 불리며, 아시아 요리에 많이 사용됩니다. 식욕을 자극하는 독특한 향과 맛이 매력적인 허브로 소화를 돕고 혈액의 콜레스테롤 수치를 낮추기도 합니다. 이 요리는 정식 디너에서도 뷔페식 파티에서도 큰 활약을 하죠.

1. 붉은 고추와 코리앤더를 같이 둘로 나눈다.

2. 1의 절반과 다른 마리네이드용 국물 재료를 볼에 넣고 섞는다.

3. 닭고기를 두드려서 부드럽게 하고 5cm 정도로 잘라서 2의 마리네이드 국물에 2시간 정도 재운다.

4. 예열한 그릴에 닭고기를 넣고 양면을 약 15분간 굽는다.

5. 다 구운 닭고기를 접시에 담아서 1의 절반을 뿌리고 라임을 곁들인다.

파파야와 허브 샐러드
Tropical Papaya & Herb Salad

재료(4인분)

양상추 50g, 파파야, 아오리 사과(씨와 심을 제거하고 껍질을 벗겨서 1cm로 슬라이스) 1개, 꼬투리 완두 혹은 꼬투리 강낭콩(가능한 한 얇게 슬라이스) 50g, 파(다진 것) 3개, 코리앤더(신선한 것) 10g, 민트(신선한 것) 12장, 땅콩(볶아서 으깬 것) 1큰술

드레싱 재료

마늘(다진 것) 1쪽, 황설탕 ½작은술, 라임(즙) 1개, 남프라(태국요리에 쓰이는 생선 소스: 옮긴이) 1큰술, 포도씨유 2큰술

우리 집에서는 여름이 되면 저녁 무렵에 친구들을 불러서 정원에서 다 같이 식사를 합니다. 동남아시아 요리를 좋아하는 친구가 올 때면 반드시 만드는 것이 바로 이 샐러드입니다.

1. 드레싱 재료를 섞어서 드레싱을 만든다.
2. 볼에 파파야, 사과, 꼬투리 완두, 파를 넣고 1의 드레싱을 섞는다.
3. 접시에 양상추를 깔고 2를 담는다.
4. 땅콩을 위에 뿌리고 코리앤더와 민트로 장식한다.

베네시아의 허브 레시피

가지와 밤 파테
Eggplant & Chestnut Pâté

재료(파운드 형 1개분)
가지(대충 다지기) 2개, 양파(다지기) ½개, 마늘(다지기) 3쪽, 밤(병에
든 것, 1알을 4등분한다) 4개, 표고버섯(다진 것) 3개, 올리브 오일 2큰
술, 달걀 1개, 빵가루 1.5컵, 타임(신선한 것 혹은 말린 것) 2큰술, 파슬
리(신선한 잎을 다진 것) 1큰술, 소금 약간, 후추 약간, 장식용 타임(약
5cm) 2개

유모 딩딩은 프랑스 사람으로 여러 가지 파테(여러 가지 재료를 넣고 만드는 파이 요리의 일종:
옮긴이)를 만들어 주었습니다. 프랑스에는 각 가정마다 독자적인 파테 레시피가 있다고
합니다. 어머니의 손맛이죠. 파테의 재료는 특별한 것을 준비하는 것이 아니라 남은 빵
과 고기, 채소를 재빨리 섞어서 맛있게 만듭니다. 동네 분들이 가지를 많이 갖다 주셔
서 이 요리가 탄생했답니다.

1. 얕은 냄비에 올리브 오일을 넣고 양파와 마늘을 투명해질 때까지 볶는다.
2. 1에 가지, 표고버섯을 넣고 다시 볶는다.
3. 2를 볼에 옮기고 빵가루, 밤, 타임, 파슬리, 달걀을 넣어서 섞고 소금과 후추로 간을 한다.
4. 기름을 바른 파운드 케이크 모양 틀에 3을 넣고 180℃로 예열한 오븐에서 약 30분간 굽는다.
5. 식고 나서 틀에서 빼 2cm 두께로 잘라서 타임 가지로 장식한다.
6. 전채요리나 샐러드와 같이 먹는다.

태국 스타일 코리앤더 풍미 닭고기 그릴, 파파야와 허브 샐러드를 주 메뉴로 하여
손님 초대 상차림을 해보았습니다.

베네시아의 허브 레시피

로즈마리 풍미 깨와 치즈 빵
Rosemary Cheese Seasame Bread

재료(1덩어리)

드라이 이스트 11g(1봉지), 우유(체온 정도로 데운다) 250ml, 물(체온 정
도로 데운다) 50ml, 황설탕 1큰술, 전립 밀가루 180g, 무표백 밀가
루 220g, 버터 2큰술, 소금 1작은술, 깨 2큰술, 양파(다진 것) 1큰술,
로즈마리(신선한 것을 다진다) 2큰술, 체다 치즈 혹은 마리보 치즈
(각 썰기) 100g, 굵은 소금(장식용) 적당량, 로즈마리(신선한 것, 가지,
장식용) 적당량

1. 드라이 이스트, 우유, 황설탕, 뜨거운 물을 섞어서 발효시킨다. 거품이 날 때까지 10분 동안
   재운다.

2. 볼에 무표백 밀가루, 전립 밀가루를 넣고 잘 섞는다.

3. 2에 1을 넣고 반죽한다.

4. 3에 버터, 소금, 깨, 양파, 로즈마리를 넣고 다시 반죽한다.

5. 4의 반죽을 편평하게 편 다음 치즈를 안에 넣고 덩어리를 만든다.

6. 버터를 바른 볼에 반죽을 넣고 전체적으로 버터가 묻도록 뒤집는다.

7. 6을 물기 없는 천으로 덮고 부풀어 오를 때까지 따뜻한 곳에 90분 정도 재워서 1차 발효를 시킨다.

8. 반죽을 도마에 쳐서 공기를 빼고 덩어리 모양을 정리해서 천으로 덮고 다시 부풀어 오를 때
   까지 1시간 정도 발효시킨다.

9. 190℃로 예열한 오븐에 넣고 약 30분 동안 굽는다. 마지막 5분 정도는 알루미늄 호일로 덮
   어서 타는 것을 막는다.

10. 빵 틀에서 꺼내서 금속망 위에서 식힌다.

11. 굵은 소금을 뿌리고 로즈마리 잎으로 장식한다.

베네시아의 허브 레시피

스터프드 에그
Stuffed Eggs

재료(2인분)
달걀 3개, 소금과 후추 약간, 사워크림 혹은 마요네즈 1큰술, 차이브, 타라곤, 혹은 처빌(신선한 잎을 다진 것) 각 1큰술, 딜(신선한 것을 다진다) ½큰술, 딜(신선한 잎, 장식용) 몇 개

만들기는 쉽지만 맛이 좋아서 전채 요리로 추천해요. 카레 파우더를 사용하면 새로운 맛을 즐길 수 있습니다.

1. 달걀을 완숙으로 삶아서 반으로 자르고 노른자를 분리한다.
2. 볼에 1의 노른자, 사워크림, 차이브, 딜, 타라곤을 넣어 크림 상태가 될 때까지 섞고 소금과 후추로 간을 한다.
3. 흰자 속에 2를 채워 넣고 딜로 장식한다.

베네시아의 허브 레시피

로즈마리 풍미 로스트 치킨
Roasted Rosemary Chicken Legs

재료(2인분)
닭 다리살 2개, 로즈마리(신선한 잎을 다진 것) 2큰술, 올리브 오일 2큰술, 소금과 후추 적당량

영국 피크닉에서 빠질 수 없는 것이 바로 로스트 치킨이죠. 로즈마리의 맛과 향기는 닭고기나 양고기와 잘 어울립니다.

1. 닭고기에 소금과 후추, 로즈마리를 뿌리고 오븐용 얇은 사각형 그릇에 넣는다.

2. 올리브 오일을 1의 닭고기 표면에 뿌린다.

3. 190℃로 예열한 오븐에서 표면이 바삭해질 때까지 20~30분간 굽는다.

로즈마리 풍미 깨와 치즈 빵,
스터프드 에그, 로즈마리 풍미 로스트 치킨은
초여름날 피크닉을 갈 때 만들어 가는 단골 요리들이지요.

베네시아의 허브 레시피
허브 치킨 카레
Curried Herb Chicken

재료(4인분)
닭 가슴살(4cm 크기로 자른다) 600g, 유채유 50cc, 양파(다진 것) 2개, 당근(다진 것) 4개, 생강(다진 것) 1큰술, 소금 적당량, 물 400ml, 파(녹색, 잘게 썰기) 적당량, 코리앤더(신선한 것, 잎 달린 가지를 잘게 썬 것) 6개

양념 A 재료
시나몬 스틱 2개, 카르다몬(알) 3개, 고추 1개, 월계수 2장

양념 B 재료
코리앤더(가루) 1작은술, 쿠민(가루) 1작은술, 강황(가루) 1큰술

열아홉 살 때 친구들과 털털거리는 밴을 사서 2개월에 걸쳐서 인도까지 육로로 여행을 한 적이 있어요. 가출이나 마찬가지였기 때문에 무일푼 여행이었지만 각 지역의 채소와 양념을 사용해서 매일 직접 요리를 했습니다. 인도인 요리사에게 배운 치킨 카레 레시피를 공개합니다.

1. 냄비에 유채유를 넣고 양념 A가 타지 않도록 잘 볶는다.
2. 1에 양파와 당근, 생강을 넣고 갈색이 될 때까지 볶는다.
3. 2에 B의 양념을 넣고 가볍게 볶는다.
4. 3에 닭고기를 넣은 다음 약간 볶는다. 물을 넣어 소금으로 간을 한 다음 40분 동안 약불에서 익힌다.
5. 간을 하고 코리앤더 잎과 파를 뿌리고 밥이나 난을 곁들인다.

베네시아의 허브 레시피

허브 수플레
Herb Soufflé

재료(2인분)

버터 40g, 밀가루 2큰술, 우유(데운다) 180cc, 프렌치 머스터드 ½ 큰술, 그리엘 치즈 100g, 바질(신선한 것. 잎을 손으로 찢는다. 혹은 건조한 것) 3큰술, 달걀노른자 3개, 달걀흰자 4개, 소금과 후추 약간

어머니는 수플레를 먹어보면 그 사람의 요리 실력을 알 수 있다고 말씀하시곤 했어요. 은은한 바질 향과 폭신하게 부풀어 오른 수플레를 내면 늘 손님들이 탄성을 지릅니다. 손님상에 내기 바로 직전에 구워서 부풀어 올라 있을 때 식사의 마무리 순서에 등장하면 더 좋습니다.

1. 볼에 달걀노른자를 넣고 가볍게 거품을 낸다.

2. 다른 볼에서 달걀흰자를 거품을 내서 딱딱하게 한다.

3. 손잡이가 하나만 달린 냄비로 버터를 녹이고 약불에서 밀가루를 부드러워질 때까지 1분 정도 볶는다.

4. 따뜻한 우유를 천천히 3의 냄비에 넣고 버터로 볶은 밀가루가 덩어리지지 않도록 잘 저어서 화이트소스로 만든다.

5. 4에 그리엘 치즈를 넣고 완전히 녹을 때까지 잘 젓는다. 바질과 프렌치 머스터드를 넣고 소금과 후추로 간을 한다.

6. 5를 불에서 내리고 체온까지 식힌다. 그다음 1의 달걀노른자를 섞는다.

7. 6에 거품을 낸 달걀흰자를 넣어 가볍게 섞어서 900ml 수플레용 그릇에 담는다.

8. 200℃로 예열한 오븐에 20분간 굽는다. 부풀어 오르게 하려면 도중에 오븐을 안 여는 것이 중요하다.

베네시아의 허브 레시피

생강 향 풍미의
차가운 당근 수프
Cold Ginger Carrot Soup

재료(4인분)

버터 1.5큰술, 소금 적당량, 양파(다진 것) 中 1개, 당근 (깍둑썰기) 350g, 닭 혹은 채소 맛국물 1리터, 생강(간 것) 4작은술, 생크림 70ml, 로즈제라늄(신선한 잎을 다진 것) 20g

매주 일요일에 열리는 오하라의 아침 시장에서 금방 수확한 채소를 사곤 합니다. 직접 재배한 사람이 팔고 있어서 안심할 수 있죠. 당근은 눈에 좋고 스트레스를 완화시킵니다. 또 피로 회복과 체내 정화에도 좋아요. 수프에 곁들이는 로즈제라늄은 혈액 순환에도 효과가 있습니다.

1. 수프 냄비에 버터, 양파, 생강을 넣고 양파가 투명해질 때까지 볶는다.

2. 1에 맛국물과 당근을 넣고 부드러워질 때까지 끓인다.

3. 2를 믹서로 갈아서 퓨레(야채나 곡류 등을 삶아 걸쭉하게 만든 것: 옮긴이)상태로 만든 다음 소금으로 간을 한다.

4. 3을 냉장고에 넣고 식힌다.

5. 내기 직전에 생크림을 섞고 수프 접시에 나눠서 제라늄 잎으로 장식한다.

* 따뜻하게 해서 먹어도 맛있다.

센티드제라늄 소르베
Geranium Leaf Sorbet

재료(4인분)

센티드제라늄의 잎(신선한 것) 10g, 설탕 6큰술, 물 300ml, 레몬즙
(레몬 큰 것 1개 분량) 달걀흰자 2개, 센티드제라늄 작은 잎(신선한 것,
장식용) 4장

무더운 날 갑자기 손님이 찾아왔을 때 활약 하는 요리입니다. 차가우면서도 상큼한 맛
이 일품이죠. 남아프리카산 센티드제라늄은 종류에 따라서 장미, 레몬, 살구, 사과, 민
트의 향이 나서 다양한 맛의 소르베를 즐길 수 있답니다.

1. 냄비에 물을 넣고 끓인다. 끓으면 제라늄을 넣어서 한 번 끓이고 불을 끈다. 뚜껑을 덮어서
   약 20분 동안 재워서 향기를 뺀다.

2. 1을 걸러서 설탕을 녹인다.

3. 2를 식히고 나서 레몬 즙을 넣고 스테인리스 용기에 담는다. 절반 정도 얼 때까지 1시간 정
   도 냉동고에 보관한다.

4. 볼에 흰자를 풀고 딱딱해질 때까지 거품을 낸다. 3과 섞어서 냉동고에 다시 반 정도 얼 때까
   지 둔다.

5. 4를 거품기로 거품을 내고 냉동고에 넣어서 반 정도 얼리는 작업을 4~5번 반복하면 부드러
   운 식감의 소르베가 된다. 아이스크림 제조기가 있으면 작업은 1번으로 준다.

6. 유리 용기에 담아 센티드제라늄 잎으로 장식한다.

베네시아의 허브 레시피

로즈마리 크림을 곁들인
여름 과일 아이스 볼
Summer Fruit Ice Bowl with Rosemary Cream

로즈마리 크림 재료

생크림 1㎖, 로즈마리의 가지(신선한 것, 10㎝ 정도) 3개, 설탕 3큰술

아이스 볼 재료

식용 꽃(비올라꽃, 물망초, 한련화, 보리지 등) 적당량, 레몬버베나, 민트 등의 잎(신선한 것) 적당량, 물 적당량, 아이스 큐브 적당량, 디저트용 베리, 딸기, 블루베리, 라즈베리 등 취향에 따라 각 1컵씩, 커런트(알이 작은 건포도) 약간

더운 여름날이면 비올라꽃, 물망초, 한련화, 보리지 등 식용 꽃과 허브를 넣어서 아이스 볼을 만듭니다. 볼 안에 넣은 딸기에 로즈마리 생크림을 곁들이면 훌륭한 디저트가 됩니다.

1. 아이스 볼은 큰 것과 작은 것을 하나씩 준비하고 큰 볼에 절반 정도 물을 넣고 허브와 꽃을 넣는다. 그 위에 작은 볼을 띄우고 안에 아이스 큐브를 넣어서 무게를 조정한다. 볼 전체를 천으로 덮고 주위를 끈으로 묶어서 움직이지 않게 고정시킨 다음 냉장고에서 하룻밤 얼린다. 완전히 얼리고 나서 표면이 약간 녹았을 즈음에 안쪽 아이스 볼을 꺼내서 먹기 직전까지 다시 냉동고에 넣어 둔다.

2. 로즈마리 크림을 만든다. 생크림을 냄비에 넣고 80℃까지 데워서 로즈마리의 가지를 넣는다. 식으면 냉장고에 넣어서 차갑게 한다.

3. 볼로 옮겨서 로즈마리를 걷어 내고 설탕을 넣어서 거품을 낸다.

4. 아이스 볼에 과일을 담고 커런트를 뿌리고 로즈마리 크림을 곁들여서 낸다.

로즈마리 치즈 비스킷
Rosemary Cheese Biscuits

재료(12~14개분)

오트밀 50g, 버터 100g, 무표백 밀가루 200g, 그리엘 치즈 혹은 체다치즈(간 것) 75g, 로즈마리(신선한 것을 다진다) 6큰술, 소금과 후추 약간, 물 4큰술, 베이킹파우더 ½작은술, 달걀 1개

치즈가 들어간 달지 않은 비스킷입니다. 하이킹을 갈 때 이 비스킷은 꼭 구워서 가지고 갑니다. 땀을 흘리면 달콤한 것뿐만이 아니라 짠 것도 먹고 싶어지니까요. 로즈마리가 하이킹으로 지친 기력 회복에 도움을 주기도 하고요.

1. 볼에 무표백 밀가루, 오트밀, 베이킹파우더, 버터를 넣고 섞는다.

2. 1에 로즈마리, 치즈, 물, 달걀, 소금, 후추를 넣고 다시 섞는다.

3. 밀대로 2의 반죽을 1cm 두께로 밀고 비스킷 틀로 모양을 찍는다.

4. 버터를 바른 오븐용 트레이에 붙지 않도록 잘 나열한다.

5. 220℃로 예열한 오븐에서 갈색이 될 때까지 15~18분 굽고 금속망에 올려서 식힌다.

베네시아의 허브 레시피

라벤더 케이크
Lavender Cake

재료

밀가루 170g, 베이킹파우더 1작은술, 무염 버터 170g, 라벤더 슈거 170g, 달걀 3개, 라벤더(신선한 것, 꽃) 2큰술 혹은 (건조한 것, 꽃) 1큰술, 바닐라 에센스 ½작은술, 우유 2큰술, 라벤더 꽃송이(장식용) 몇 개, 생크림(거품 낸 것) 1컵

라벤더 향을 맡으면 솟아오른 절벽 위에 지어진 프로방스의 바닷가 별장이 떠오릅니다. 정원 길을 따라 라벤더가 심어져 있고 바닷바람이 라벤더의 상큼한 향을 집 안까지 데리고 왔죠. 6월이 되면 오하라의 정원에도 라벤더의 향이 가득해요. 그 꽃을 따서 케이크를 만들곤 합니다.

1. 볼에 무염 버터와 라벤더 슈거를 넣고 크림 상태가 될 때까지 섞는다.

2. 1에 달걀을 넣고 다시 섞는다.

3. 다른 볼에 밀가루, 베이킹파우더, 라벤더를 넣고 섞는다.

4. 2에 3과 우유, 바닐라 에센스를 넣고 섞는다.

5. 원형 케이크 틀(직경 22cm)의 안쪽에 버터를 얇게 바르고 4를 넣는다.

6. 180℃로 예열한 오븐에서 30분 동안 굽는다. 식으면 틀에서 꺼내 금속망 위에 올려서 식힌다.

7. 휘핑크림을 곁들이고 라벤더 꽃으로 장식해서 낸다.

* 라벤더 슈거 만드는 방법

백설탕 4컵에 라벤더 꽃 4개를 넣고 보존 밀폐용기에서 2주일 동안 둡니다. 라벤더의 멋진 향이 밴 이 설탕은 케이크나 쿠키에 넣거나 과일을 먹을 때 사용합니다. 특히 휘핑크림에 섞어서 딸기를 찍어 먹으면 아주 맛있답니다. 같은 방법으로 다양한 허브 슈거를 만들 수 있습니다. 장미 꽃잎 설탕을 케이크 아이싱에 사용하거나 커스터드에 넣으면 장미향이 나고 또 바닐라 아이스크림과도 잘 어울립니다. 민트 잎 설탕은 아이스티나 핫 코코아와 잘 어울립니다. 또 레몬버베나 설탕을 과일에 뿌리거나 치즈케이크에 넣어도 맛있습니다.

몸도 마음도 행복해지는
차 마시기

아침에 눈을 떠서 저녁에 잘 때까지 다양한 허브 티와 차를 마십니다. 같은 허브 티를 오
랫동안 계속 마시기보다는 다양한 종류의 차를 즐기며 하루를 보내지요(레시피는 2인분이
기준).

AM 6:00
생강이 들어간
실론 티

1. 생강을 1큰술만큼 간다.

2. 물 2컵에 생강을 넣고 5분 동안 끓인다.

3. 실론 티 티백을 2개 넣고 2분 동안 끓인다.

4. 우유 1컵을 넣는다.

5. 다시 끓으면 걸러서 티 컵에 담는다.

* 생강은 몸을 따뜻하게 하고 몸속을 정화시키고 혈액 순환에 도움을 줍니다.

PM 14:00
생강과
세이지 티

1. 물 2컵을 끓이다가 생강을 넣고 다시 5분간 끓인다.

2. 약 5cm의 세이지 2개를 티 포트에 넣는다.

3. 약 6분 동안 두었다가 거른다.

* 이 차를 오후에 마시면 기분이 좋아지고 에너지가 솟아나는 것 같아요. 세이지는 여성

  호르몬 중에서 에스트로겐과 비슷한 작용을 합니다. 활력을 주고 얼굴이 뜨거워지거나

취침 중 식은땀을 완화시켜 줍니다.

PM 15:00
인삼차

이 차는 남편을 위해 자주 끓입니다. 물 2컵을 끓여서 인삼 약 8g을 넣고 20분 동안 달입니다. 취향에 따라 벌꿀을 1작은술 정도 넣어 마시기도 합니다(시판 엑기스나 과립을 이용해도 좋습니다).

* 인삼은 정력에도 좋고 갱년기의 남성에게 효과가 있다고 합니다. 활력을 주고 심신을 안정시키는 효과도 있습니다. 남편은 3주일 동안 계속 마시고 그 후 1주일 동안 쉽니다. 그러면 더 효과가 있다고 합니다.

PM 16:00
맛있는 영국 차

1. 주전자에 물을 넣고 끓인다. 물속의 산소가 차를 맛있게 하므로 한번 끓인 물은 사용하지 않는다.
2. 충분히 끓으면 티 포트에 뜨거운 물을 아주 조금 넣어서 티 포트를 데운다.
3. 1명당 1작은술, 포트용으로 찻잎을 넣는다.
4. 티 포트를 주전자 옆에 가지고 가서 찻잎 위로 뜨거운 물을 붓는다.
5. 작은 잎이라면 3~4분 동안, 큰 잎은 5~6분 동안 우려내고 난 후에 찻잔에 따른다.

PM 20:00
**휴식을 위한
허브 티**

자기 전에 기분을 진정시키기 위해서 레몬 허브 티나 스페어민트와 카모마일 티를 마십니다. 저녁 늦게까지 잠이 오지 않을 때는 바레리안 티, 세인트존스워트 티도 좋습니다.

허브의 수확과
보존법

수확

허브의 수확 시기는 5월에서 11월까지입니다. 맑은 날이 계속되는 건조한 날, 오전 11시경부터 오후 2시경에 수확하는 것이 좋습니다.

1. 민트와 레몬밤의 경우는 지면에서 약 5cm의 대를 자른다. 로즈마리와 타임같이 가지가 긴 다년초 허브는 끝의 몇 cm만 자른다.
2. 딴 허브 10개 정도를 한 묶음으로 묶어서 실내의 바람이 잘 드는 곳에 거꾸로 매달아 둔다. 장미, 메리골드, 카모마일의 꽃잎은 종이 위에 펼쳐서 볕이 잘 드는 곳에서 말린다.
3. 약 2주 후에 잎이 마르면 묶음을 풀어서 잎을 떼고 대를 짧게 자른다.
4. 밀폐용기에 건조제와 같이 넣어서 어둡고 서늘한 곳에서 보관한다.

| **보존법** | 수확한 허브는 말린 허브로 사용하거나 허브 오일, 비니거, 팅크처(약초, 허브 등에 있는 피부 미용성분을 추출하는 방법: 옮긴이) 등으로 만들어서 보관합니다. 잘 보관하면 1년 정도 사용할 수 있습니다. 더 오래도 보관은 할 수 있지만 향과 맛, 약용 효과가 떨어집니다. |

| **용기의 살균법** | 허브들은 유리 용기에 넣어서 보관합니다. 곰팡이가 슬거나 부패하지 않도록 넣기 전에 반드시 용기를 살균합니다. |

1. 속이 깊은 냄비에 유리 용기와 뚜껑을 넣고 잠길 만큼 물을 넣은 다음 10분 이상 끓인다.
2. 사용하기 직전에 용기를 열탕에서 꺼낸 다음 물기를 잘 뺀다.

| **추출법** | 허브의 유효 성분을 물에 추출하는 데에는 2가지 방법이 있습니다. 티(tea)와 전액으로 전액은 티보다도 진하고 비누와 화장품을 만들 때 좋습니다. |

| **티 만들기** | 1. 말린 허브 2작은술, 신선한 허브 15g을 준비한다. |
2. 허브를 티 포트에 넣어 열탕을 붓고 6분 동안 놔두었다가 거른다.

| **전액 만들기** | 1. 속이 깊은 냄비에 물 350ml, 잘게 다진 허브 100g를 넣어서 뚜껑을 덮고 끓인다. |
2. 약 30분 동안 끓인 다음 거른다

직접 키운 카모마일로 만든 샴푸로 머리를 감고, 정원에서 따온
세이지 잎을 넣어 끓인 허브 티로 시작하는 아침은 언제나 상쾌
합니다.

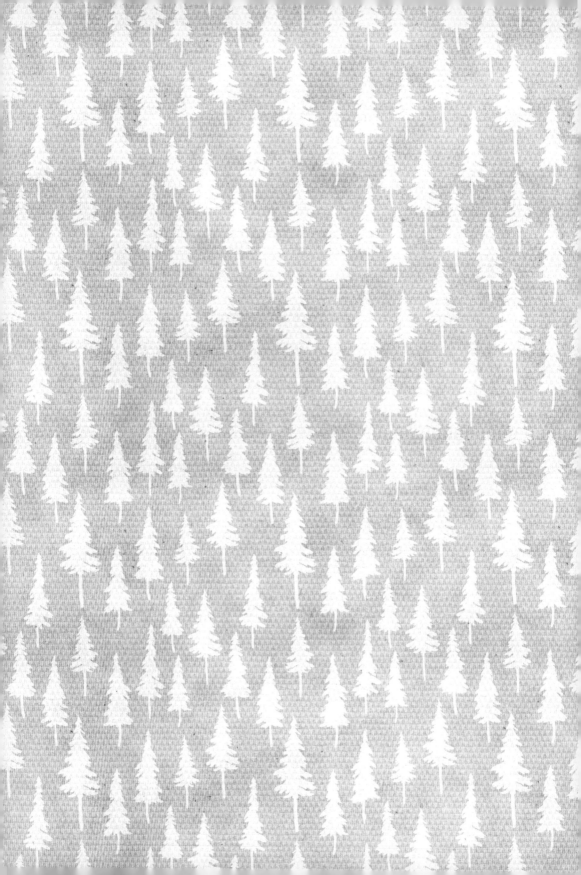

It's
AUTUMN

호박밭에 서리가 내리고 짚단을 묶는 계절.

_ 제임스 휘트컴 라일리

봄과 여름의 활기찬 자연도 좋지만
조용한 가을의 자연도 좋습니다.
사람에 비유하면 다양한 일을 경험하고
인생의 단맛 쓴맛을 다 알아버린 지긋한 연배의 사람 같습니다.
시든 꽃과 떨어진 잎도 잠시 그대로 두고 싶어요.
가을의 조용하고 차분한 풍경에 젖어 봅니다.

손으로 직접 만드는 즐거움을 누려요

지금으로부터 35년 전 일입니다. 교토에 도착한 첫날, 마침 기온 마츠리(祇園祭, 일본 교토에서 매년 7월 1일~31일에 열리는 민속 축제: 옮긴이) 축제가 한창이었습니다. 석양이 질 무렵 나는 유카타(浴衣, 일본 전통 의상 중 하나로 온천을 한 후에나 여름에 주로 입는다: 옮긴이)를 입은 사람들로 붐비는 무로마치 도오리(室町通り, 교토시를 남북으로 관통하는 도로: 옮긴이) 거리를 걷고 있었습니다. 빨간색과 흰색의 등으로 불을 밝힌 거리에 면해 있는 교토의 전통 가옥은 문과 창문을 열어 대대로 전해 내려오는 병풍을 지나가는 사람들에게 보여주고 있었습니다. 아직도 기억에 남아있는 인상적인 풍경이에요. 이국적인 기온 게이샤의 노래와 연주 소리가 들려왔습니다. 그 순간, 나는 '드디어 일본에 왔다!'고 실감했습니다.

그로부터 20년이 지난 어느 날, 나는 남편과 함께 부동산에서 받은 지도를 보며 교토 시내에서 외곽으로 차를 달렸습니다. 이미 100곳 이상의

집을 봤습니다. 그리고 오하라의 산자락에 있는 한 농가에 도착한 순간 망설일 것도 없이 "찾았다!" 하고 탄성을 질렀습니다. 집 안은 곰팡내로 가득했고 어두컴컴했어요. 하지만 왠지 모르게 존재감과 품격이 느껴졌습니다. 둘러보고 돌아가려는데 집이 말을 걸었습니다.

"어떤가, 고쳐가면서 살아 보지 않겠나?"

나는 오래된 것이 좋습니다. 오래된 집, 오래된 가구에서는 만든 사람의 마음을 느껴집니다. 아마도 많은 시간과 노력을 들여서 만들었겠죠. 그렇게 만든 것에는 예술성과 장인으로서의 긍지와 집념이 담겨 있어요. 솔직히 요즘 대량 생산되는 물건에서는 아무것도 느껴지지 않습니다.

돌아가는 길에 남편이 "저 집은 100년 정도 되었으니까 꽤 고쳐야 하겠지만 저기서 살면 새롭게 시작할 수 있을 것 같아."라고 말했습니다. 그렇습니다. 그렇게 해서 우리는 오하라의 집을 샀습니다.

살 만한 집으로 고치려니 일이 많았습니다. 먼저 부엌이 흙바닥이라서 그것부터 고치기로 했습니다. 바닥을 나무로 바꾸기로 했습니다. 영어 학원 학생의 아버지가 목공 장인이라서 부탁했습니다. 집의 창문은 반투명 유리와 나무여서 바깥 풍경이 전혀 보이지 않았어요. 그래서 전부 투명 유리로 바꾸기로 했습니다.

어느 날 친구인 데이비드가 차 한가득 유리창문과 옻칠을 한 격자 창문, 서랍장 등을 싣고 왔습니다.

"어때? 이 녀석들 쓰레기가 될 뻔했다고. 그런데 내가 구해줬지."

데이비드 말에 따르면 오래된 집이 해체되는 현장에서 쓸 만한 걸 가지고 왔다는 겁니다.

지금도 우리 집은 이렇게 저렇게 리폼을 계속하고 있습니다. 남편은 벽만 있는 어두컴컴한 곳에 창문을 내거나 수도 배관을 위해 바닥을 파헤치거나 전기 배선을 한다고 먼지투성이가 되곤 합니다. 틈만 나면 집 여기저기를 수리하고 있죠.

작은 일이라도 성취감을 맛보면 잊을 수 없어요. 다음은 어디를 손볼까 하고 고민하는 것 또한 즐겁습니다. 우리 집에 놀러 온 한 젊은이가 "낡았지만 멋지다."고 말했습니다. 100살이나 먹은 우리 집에 대한 최고의 칭찬이 아닐까요?

무엇이든 손으로 직접 만드는 걸 좋아해요.
조금 서툴러도 상관없어요.
만족과 경험이라는 큰 보물을 얻었으니까요.

1. 이 집의 부엌에 남아 있던 물건은 정원의 바비큐 도구로 활약.

2. 영국 앤티크 식기를 보관하고 있는 장식장.

3. 교토 시내에서 철거 중이던 집의 창문을 가지고 와서 끼웠다.

4. 사용하지 않은 난로 위에 동네에서 주운 꽃병을 놓고 차조기를 꽂아서 장식했다.

5. 윌리엄 모리스도 영향을 받았다는 창호지.

6. 고가구점에서 발견한 서랍장에 허브 관련 서류를 정리했다.

7. 세면대 앞에 정원의 백합을 장식했다.

8. 격자문과 미닫이문을 열어두면 공간이 넓어진다.

9. 낡았지만 자연 소재로 되어 있는 가구로 세간을 정리했다.

10 부엌 작업대에는 영국과 일본의 식기가 들어 있다.

11. 혼수품을 넣는 상자였지만 지금은 정원 도구 보관함으로 사용하고 있다.

가을 농사의 기쁨을
만끽해요

영국의 낭만주의 시인 키츠(John Keats)는 가을을 "안개와 향기와 맛있는 과일의 계절"이라고 노래했습니다. 오하라의 가을 아침은 짙은 안개로 시작합니다. 9월에 들어서면 시금치, 쑥갓, 당근 등 채소의 씨를 뿌리기 시작하죠.

채소 농사를 시작하고 얼마 되지 않았을 때입니다. 아마 7월이었던 걸로 기억하는데, 참 무더운 날이었어요. 나는 땀범벅이 되어가면서 열심히 밭을 갈고 영국의 여동생이 보내준 채소 씨를 뿌렸습니다. 그런 나를 지켜보던 밭주인 이케다 할아버지가 웃으면서 물었습니다.

"지금 뭐 하는 거야?"

"내년 봄 채소 씨를 뿌리고 있어요."

"푸하하하! 거 참 성질 급하군. 너무 일러!"

"여기 씨 봉투에 씨 뿌리기는 7월이라고 쓰여 있어요."

"껄껄껄! 너무 더워. 지금 뿌려도 싹 안 나. 오하라에서는 지조봉(地蔵盆, 음력 7월 24일: 옮긴이)이 지날 때까지 씨 안 뿌려."

정말 싹이 나지 않았습니다. 그날 이후 나는 늘 이케다 할아버지에게 채소 씨와 묘목을 심는 시기를 묻습니다. 또 토마토나 오이의 지지대를 세우는 방법을 배우기도 하고 물 뿌리기를 도와주기도 합니다. 이케다 할아버지는 내 채소농사의 스승이십니다.

처음으로 채소 농사를 접한 것은 여덟 살 때입니다. 그때 나는 영국해협에 있는 저지 섬에 살고 있었습니다. 저지소와 저지감자로 유명한 섬이죠. 엄마의 세 번째 남편인 대들리 씨와 우리 형제들은 그곳에서 작은 농장을 시작했습니다. 자산가인 대들리 씨는 제2차 세계대전이 끝나고 나서 어머니와 결혼할 때까지 8년 동안 매일 카지노, 경마, 파티를 하며 보냈다고 합니다. 돈을 물 쓰듯이 쓰는 생활이 질렸던가 봅니다. 어머니와 결혼을 하고 나서는 딴 사람이 되었습니다.

우리 형제들에게 농장은 살아 있는 장난감이 가득한 세계였습니다. 꼬투리 강낭콩과 오이의 씨를 뿌리고 기다리면 싹이 나고 쑥쑥 커서 내 키를 훌쩍 넘어가는 것이 정말 재미있었어요. "왜 이렇게 빨리 클까?" 하고 신기하기도 하고 내가 그렇게 키웠다는 것이 참 자랑스러웠습니다. 대들리 씨는 밭 주변의 공터에 수선화, 글라디올러스를 심었습니다. 꽃이 피는 시기가 되면 일대가 꽃으로 발 디딜 틈이 없을 정도였죠.

돼지 축사 청소는 냄새가 나서 싫었습니다. 하지만 제일 싫었던 일은 닭 모가지를 자르는 일이었습니다. 아세요? 닭은 머리가 잘리면 잠시 동안 춤을 춥니다. 그리고 쓰러진 닭의 깃털을 다 뽑아서 주방으로 가지고 가는 것까지가 아이들의 일이었습니다.

농장에서 살기 시작했을 때, 나는 여덟 살, 동생 찰스는 일곱 살, 여동생 캐롤라인은 다섯 살이었습니다. 우리 형제들은 매일 일을 분담했습니다. 가령 오늘 젖 짜기를 내가 하면 닭장 일은 찰스와 캐롤라인이 했습니다. 얼마 후 두 번째 여동생인 줄리엣이 태어났습니다. 그래서 줄리엣의 유모차를 미는 것도 우리가 맡게 되었습니다. 대들리 씨는 우리에게 "이 농장은 너희들을 위해 샀다. 학교 공부보다 농장의 경험이 중요하다."라고 자주 말했습니다. 그러나 집안일 돕기는 엄청 피곤했고 덕분에 저녁이 되어서야 숙제를 할 수 있었죠.

요즘에는 식료품 가게와 슈퍼마켓에서 다양한 식재료와 가공식품을 살 수 있습니다. 하지만 정말로 먹어도 괜찮은지 어떤지 알 수가 없어요. 안심하고 먹을 수 없는 먹거리가 많아서 고민스럽습니다. 화학적 첨가물이나 보존료가 들어간 가공식품, 호르몬제나 항생물질이 가득 함유된 먹이로 키운 닭, 광우병이 의심되는 소, 유전자 조작 식품, 화학비료와 농약으로 키운 채소 등등. 도대체 무엇을 먹어야 할까요?

대들리 씨 농장에서 금방 수확한 채소와 달걀, 방금 짠 우유의 맛을 지금도 잊을 수 없습니다. 그때는 어려서 식품의 안전성 같은 건 당연히 몰랐습니다. 당시는 그런 것을 생각할 필요도 없을 정도로 안전한 먹거리에 둘러싸여 있었으니까요.

아름다운 정원에서
하늘에 인사를 보내요

친아버지는 내가 열세 살 때 돌아가셨습니다. 기숙학교에 있었기 때문에 소식만 들었지 장례식에도 못 갔어요. 그래서 묘가 어디에 있는지도 모른 채 세월이 흐르고 말았죠. 부모님은 내가 세 살 때 이혼했기 때문에 나는 아버지의 고향을 방문한 적이 없었습니다.

어느 날 가든 잡지를 읽다가 트레바노의 정원에 대한 기사를 발견했습니다. 어딘가에서 들은 적이 있는 이름 같아서 기사를 읽다가 깜짝 놀랐답니다. 그곳은 내 친아버지의 고향 집이 있는 곳이더군요. 나는 바로 준비를 해서 아버지의 묘를 찾아갔습니다. 영국 남서부의 콘월에 있는 트레바노의 정원과 아버지의 묘가 있는 센트 자스트 인 로즈랜드 교회를 방문했습니다.

트레바노는 일반인에게 공개되고 있는 유명한 정원이죠. 고풍스런 아름다움을 느끼게 하는 70에이커의 광대한 정원을 걸으며 아버지의 유년

시절을 상상했습니다. 근처 해안에는 교회가 있었고 그곳의 묘지 리스트에서 아버지의 이름을 발견했어요. 하지만 아버지의 묘비를 찾을 수가 없었습니다.

목사님께 여쭤보니 10년 전에 큰 태풍이 와서 묘가 많이 망가졌다고 하시더군요. 오랜 시간이 걸려 아버지의 묘가 있었던 곳을 찾았고 그 자리에 아버지가 좋아하셨던 와일드 로즈와 허니서클 꽃을 살포시 놓고 나니 눈물이 핑 돌았습니다.

가을의 정원을 거닐며
아버지와의 추억을 떠올려 봅니다.
내 기억 속에 아버지는
언제나 다정하고 친절한 분이셨죠.
아버지의 그윽한 미소를 닮은 꽃들을 바라보며
가만히 눈을 감아 봅니다.

좋은 꿈을 꾸고
상쾌한 아침을 맞이해요

새들이 지저귑니다. 아직 가족들은 꿈나라입니다. 하지만 나는 일어나 이불 위에서 다리를 모으고 앉아 눈을 감은 다음 호흡에 정신을 집중합니다. 젊었을 때 인도에서 배운 명상법으로, 하루 일과 중 하나입니다. 명상 후에는 식물들을 보러 정원으로 나갑니다. 시든 꽃을 따거나 목말라하는 식물에게는 물도 주고 바람이나 제 무게에 못 이겨 옆으로 기우뚱거리는 식물에게는 지지대를 대어 주기도 하지요. 신선한 아침 공기와 상큼한 허브 향이 하루를 보낼 수 있도록 활력을 줍니다.

30대 후반까지는 이렇게 상쾌한 아침을 맞이한 적이 없었습니다. 남편 없이 애 셋을 키우면서 일도 해야 하는 워킹 맘이었던 나는 매일매일 일에 치여 죽을 지경이었습니다. 당시에는 불면증이 심했지요. 너무 피곤하지만 신경이 날카로워서 저녁 늦게까지 잠들지 못하는 날들의 연속이었습니다. 잠을 자야 한다고 생각하면 할수록 더 불안해졌습니다. 수면제는 위험

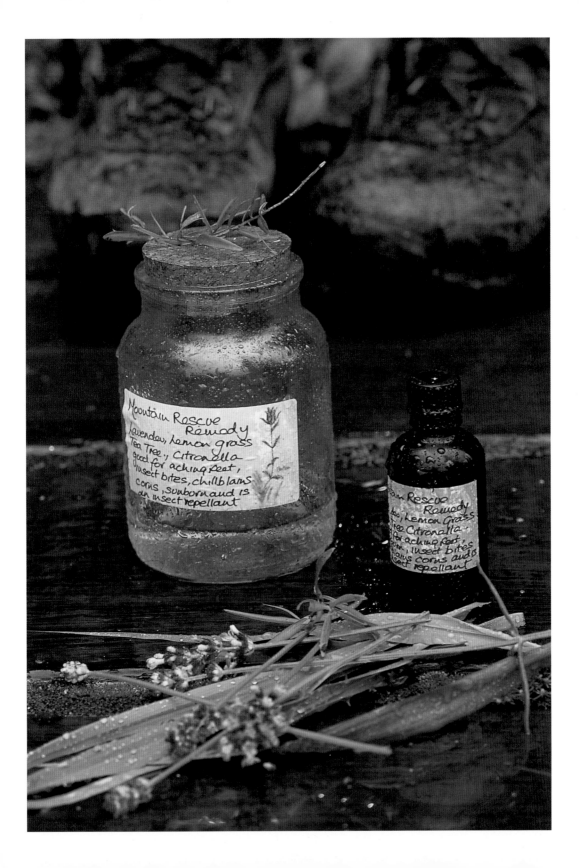

합니다. 계속 먹으면 효과도 없고 양도 늘어나요. 그래서 자신을 위한답시고 위스키를 마셨습니다. 덕분에 늘 아침에는 머리가 지끈거리고 몸도 무거웠습니다. 그런 인생이었어요.

어느 날 몸이 안 좋아서 병원에 가서 검사를 받으니 정맥혈전증이었습니다. 장기간에 걸친 스트레스가 병에 대한 저항력을 저하시키고 피를 탁하게 하고 어깨 결림과 등의 통증을 유발시킨 것입니다. 스트레스는 모든 병의 원인입니다.

혈액 순환을 좋게 하기 위해 매일 약을 먹고 여유를 가지라고 의사 선생님께서 말씀하셨습니다. 하지만 일에 쫓기고 있어서 그렇게 할 수는 없었어요. 다른 건 차치하더라도 비싼 외국인학교에 다니는 세 아이들의 학비는 벌어야 했으니까요.

그러던 어느 날 지금의 남편인 타다시를 만났습니다. 그는 내 상태를 듣더니 이렇게 말했습니다.

"베네시아, 악순환의 연속이야. 아이들을 위해 열심히 일은 하고 있지만 시간이 없어서 뭐든지 돈으로 해결하려고 하잖아. 그래서 돈이 없어지니까 또 일을 더 하게 되는 거야. 일을 줄이면 집에 있는 시간도 늘어날 거야. 그러면 아이들과 보내는 시간도 생기고 요리를 하거나 가정을 위해 여러 가지 물건을 만드는 시간도 생기지 않을까?"

그즈음 아이 둘이 졸업을 해서 학비 지출도 준 터라 나는 일을 줄이기로 했습니다.

먼저 야간 영어수업을 줄였습니다. 대번에 불면증 치료에 효과가 나타났습니다. 지금은 정원 손질과 산책 그리고 일주일 한 번 등산이 숙면을 위한 중요한 의식이 되었습니다. 밖에서 흙을 만지고 식물을 키우는 정원일은 자연의 리듬과 사이클에 나를 가깝게 만듭니다. 저녁 무렵에는 남편과 함께 근처 숲과 시골 길을 산책해요. 운동도 될 뿐만 아니라 산과 들의 풀이 꽃을 피우는 것을 발견하기도 하고 계절의 변화를 느낄 수도 있습니다. 남편과 그날 있었던 일에 대해 이야기하는 소중한 시간이기도 하지요. 등산은 딱 좋은 정도로만 몸을 피곤하게 만들기 때문에 불면증에 좋은 약이 됩니다.

저녁 식사 후의 목욕은 몸을 씻기 위해서라기보다는 피로를 풀고 잠을 잘 오게 하는 효과가 있어서 참 중요합니다. 어떨 때는 레몬밤, 쑥, 비파 잎을 망에 넣어서 욕조에 넣거나 재스민, 장미를 블렌딩한 입욕용 에센셜 오일을 넣기도 합니다. 입욕 후에는 이불 위에서 천천히 요가를 합니다. 따뜻해진 몸을 쭉 늘려서 유연하게 만드는 거죠. 요가는 몸과 마음의 긴장을 풀어주고 휴식을 취하는 데 효과적입니다. 그리고 카모마일과 패션플라워 등 잠을 오게 하는 허브 티를 마시면서 독서를 좀 하다가 10시에 잠자리에 듭니다.

베네시아의 허브 레시피

우스터 소스
Worcester Sauce

재료(완성 약 1.5리터)

A의 재료
양파(적당하게 썬다) 1개, 당근, 셀러리(적당하게 썬다) 각 1개, 마늘 1개, 케첩 240g, 다시마 15cm 1장, 월계수 3장, 물 2,500ml

B의 재료
붉은 고추, 시나몬 파우더 각 1작은술, 육두구 파우더, 정향 가루, 올스파이스 파우더, 애니시드 각 1큰술, 칼더먼 파우더, 쿠민 씨 각 2큰술, 검은 알갱이 후추 1큰술, 세이지(신선한 것 혹은 건조한 것) 2큰술, 타임(신선한 것 혹은 건조한 것) 2개, 벌꿀 50ml, 황설탕 350g, 몰라세스 설탕(혹은 흑설탕) 150ml, 소금 150g, 식초 100ml, 레드와인 비니거 50ml

우스터 소스는 영국 우스터셔(Worcestershire) 지역에서 처음 만들어서 붙여진 이름입니다. 내 레시피는 다시마가 들어간 것이 특징입니다. 다시마는 미네랄이 풍부하고 소스의 맛을 더욱 좋게 해요. 몸에 활력을 주고 동맥경화를 억제한다고 알려져 있습니다. 소스가 숙성할 때까지 반년 정도가 걸립니다.

1. 스튜 냄비에 A의 재료를 넣고 센불에서 끓인다. 끓으면 약불로 해서 위에 뜬 거품을 제거한다.
2. 거품이 안 나면 B의 양념을 1에 넣고 약불로 약 2시간 끓인다.
3. 불을 끄고 2를 걸러서 냄비에 다시 넣는다.
4. 벌꿀, 황설탕, 몰라세스 설탕, 소금을 넣고 5분 동안 약불에서 끓인다.
5. 4가 식으면 식초와 레드와인 비니거를 넣는다.
6. 끓이고 나서 살균한 유리병에 넣어서 밀폐하고 약 반년 동안 서늘하고 그늘진 곳에서 숙성시킨다.

유자과즙 아이스 큐브
Yuzu Ice Cubes

우리 집에는 큰 유자나무가 한 그루 있습니다. 11월 하순 무렵에는 유자가 꽤 많이 열립니다. 나는 그 유자를 짜서 과즙을 얼려서 아이스 큐브로 만들어 언제든지 사용할 수 있도록 합니다. 찌개에 사용하거나, 벌꿀을 넣어서 뜨거운 물로 희석해서 마시기도 합니다.

라즈베리와
레몬버베나 잼

Raspberry & Lemon Verbena Jam

재료

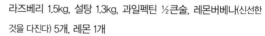

라즈베리 1.5kg, 설탕 1.3kg, 과일펙틴 ½큰술, 레몬버베나(신선한 것을 다진다) 5개, 레몬 1개

저지 섬에 살던 때 나는 학교에서 돌아오는 길에 이웃 아주머니 집에 자주 놀러 갔습니다. 아주머니의 정원과 주방은 너무 멋졌어요. 그리고 정원에는 블랙베리, 라즈베리, 로건베리, 레드 커런트, 블랙 커런트, 딸기 등의 베리를 많이 키우고 있었습니다. 내가 가면 아주머니는 정원의 베리로 만든 잼과 금방 구운 스콘을 주셨습니다. 그리고 차를 마시면서 고향인 헝가리 이야기를 해 주셨습니다.

1. 먼저 잼을 보존할 용기를 살균한다. 큰 냄비에 유리병을 넣고 병이 다 잠길 정도로 물을 넣은 다음 10분 동안 끓인다. 불을 끄고 나서 잠시 그대로 둔다. 잼이 완성되기 5분 전에 유리병을 꺼내서 물기를 닦는다.

2. 냄비에 라즈베리를 넣고 약불에서 잘 섞으면서 부드럽게 될 때까지 끓인다.

3. 설탕을 넣고 완전히 녹을 때까지 조심스럽게 천천히 섞는다.

4. 레몬버베나를 넣는다.

5. 요리용 온도계로 온도를 재고 104℃가 되면 불을 끈다. 이 순서를 따르면 맛있는 잼을 만들 수 있다.

6. 레몬 1개 분량의 즙에 펙틴을 녹여서 5의 냄비에 넣고 잘 섞는다.

*이 방법으로 다른 베리 잼도 만들 수 있다. 레몬버베나 외에도 레몬제라늄이나 레몬밤을 넣어도 좋다.

세인트존스워트 팅크처
St. John's Wort Tincture

재료

세인트존스워트(이삭 끝에서 7cm 정도 자른 꽃, 꽃봉오리, 잎, 대) 12g,
보드카 200ml, 정제수 200ml

다양한 약효가 있는 세인트존스워트는 중국에서는 4000년 전, 유럽에서는 2000년 전부터 사용되어 왔으며, 지금 서양에서 가장 주목받고 있는 허브 중 하나입니다. 나는 이 팅크처를 불안과 스트레스, 불면증을 완화시키기 위해서 마십니다. 마시는 방법은 1작은술을 하루에 3번, 증상이 심할 때는 6번, 그대로 혹은 물에 희석해서 마십니다. 아이나 임산부, 정신질환 약을 복용하고 있는 사람은 마시지 마세요.

1. 세인트존스워트와 보드카를 믹서로 갈아서 살균한 뚜껑 달린 유리 용기에 넣는다.

2. 이틀 후 정제수를 1에 넣는다.

3. 약 2주일 동안 가끔 용기를 흔들어 준다.

4. 3을 걸러서 살균한 뚜껑 달린 유리병에 옮긴다.

5. 서늘하고 그늘진 곳에 보관한다.

세인트존스워트 오일
St. John's Wort Oil

재료

유기농 버진 올리브 오일, 세인트존스워트(이삭 끝에서 7cm 정도 자른 꽃, 꽃봉오리, 잎, 대)

오십견 때문에 팔이 좀처럼 올라가지 않아 고생하고 있을 때, 이 오일을 발랐더니 신기하게도 10분 만에 괜찮아졌어요. 오십견으로 1년 정도 고생했는데 그때마다 매일 이 오일을 애용했습니다. 이 오일은 근육통, 어깨 결림, 타박상, 좌골신경통, 관절염, 디스크, 그을림 등의 증상도 완화시킵니다. 환부에 발라서 마사지를 합니다.

1. 뚜껑이 달린 유리병을 준비한다.
2. 금방 딴 허브를 병의 3/4만큼 담는다.
3. 허브가 완전히 잠길 정도로 올리브 오일을 넣은 다음 뚜껑을 닫고 잘 흔든다.
4. 따뜻한 볕이 드는 곳에 약 한 달 정도 숙성시킨다. 매일 병을 흔든다.
5. 한 달 후, 오일 색이 갈색으로 바뀌었으면 걸러서 보관할 병에 넣는다. 서늘하고 그늘진 곳에서 보관하면 몇 년 동안 사용할 수 있다.

세이지 입 헹굼 액
Sage Mouthwash

재료

세이지(신선한 것, 부드러운 잎) 6장, 물 250cc

목이 약한 나는 조금만 추우면 '감기 균에게 당했다.'고 느낍니다. 그럴 때 사용하는 것이 바로 이 입 헹굼 액입니다. 세이지에는 살균 소독 작용이 있습니다. 잇몸 출혈과 염증을 억제하기도 하고 감기로 목이 아플 때나 기침이 나올 때도 효과가 있습니다. 1일 몇 번 정도 희석하지 않고 원액으로 입을 양치합니다. 세이지가 많이 있을 때 만들어서 냉동해 두면 편리합니다.

1. 냄비에 물을 넣고 끓으면 세이지를 넣는다. 뚜껑을 덮고 약불에서 20분 동안 끓인다.
2. 그대로 입을 헹군다.

목 스팀
Throat Steam

목 스팀에 적당한 허브
유칼립투스, 타임, 렁워트, 레몬밤, 탑꽃, 아욱, 남천, 민트, 베르가못

목 스팀에 적당한 에센셜 오일
감기 : 바질, 유칼립투스, 시더우드, 베르가못, 클로브, 레몬

기침 : 시나몬, 주니퍼베리, 히솝, 세이지, 사이프러스

기관지염 : 몰약, 유칼립투스, 세이지

천식 : 유칼립투스, 파인, 레몬밤, 벤조인, 몰약

목의 통증 : 클라리 세이지, 사이프러스, 타임

준비물
위에서 소개한 허브의 가지와 잎 2~3종류, 위에서 소개한 에센셜 오일 1~2종류, 세숫대야 수건, 열탕

감기로 목이 아플 때나 기침이 멈추지 않을 때는 허브의 약효 성분을 증기로 만들어 들이마시는 스팀 요법이 효과가 좋아요. 하루에 2~3번 하면 증상이 훨씬 가벼워집니다. 손자 조가 감기에 걸리면 증상이 악화되기 전에 이 스팀 요법을 씁니다.

1. 세숫대야에 허브를 넣어 열탕을 붓고 에센셜 오일을 4~5방울 떨어뜨린다.

2. 1의 세숫대야 위로 몸을 가까이 대서 증기가 도망가지 않도록 수건을 쓴다. 그리고 입을 크게 벌리고 증기를 들이마신다(약 10분간 계속한다. 화상을 입지 않도록 조심한다.).

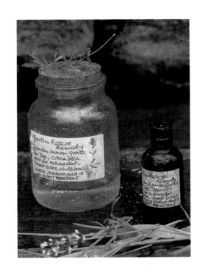

베네시아의 허브 레시피

등산을 위한 허브 오일
Mountain Rescue Remedy

재료
스위트 아몬드 오일 1컵, 라벤더 에센셜 오일 10방울, 티트리와 레몬그라스 에센셜 오일 각 8방울, 시트로넬라 에센셜 오일 5방울

가끔 등산을 합니다. 온종일 걸어서 지친 발목에 이 오일을 발라서 마사지를 하면 근육통이 어느새 사라져요. 티트리 오일은 오스트레일리아 원주민이 오래전부터 다리의 통증 치료에 사용했다고 합니다. 피부 건조를 예방하고 벌레 물림, 동상, 무좀에도 효과가 있다고 해요.

1. 볼에 위의 재료를 넣어서 섞는다.

2. 작은 색 유리병이나 플라스틱 용기에 넣는다.

* 근육통에는 마사지 오일로 사용하지만 뜨거운 물에 몇 방울 넣어서 족욕에도 사용할 수 있다.

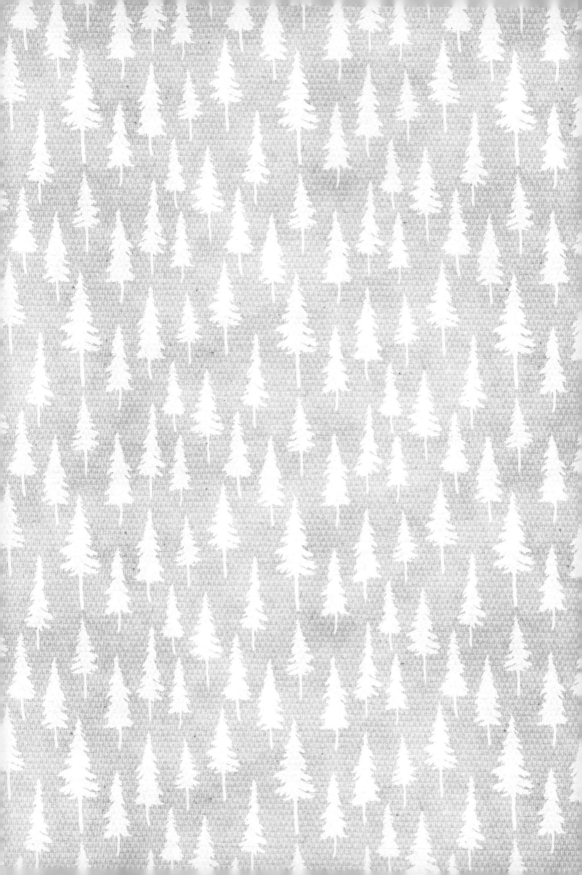

It's
WINTER

어떤 이는 우리 구주의 탄생을 축하하는 계절에
새벽 새가 밤새도록 노래한다고 말하지.

_윌리엄 셰익스피어

눈은
하룻밤 사이에 세상을 바꾸는 마법을 부립니다.
눈이 오는 날 아침이면
우리 집 2층에 올라가 너른 창문 너머로
순백색으로 빛나는 정원과 마을을 바라보곤 하지요.

눈 속에서 씩씩하게 꽃을 피운 로즈마리,
겨우내 새 먹이로 남겨둔
빨간 열매들에 소복하게 쌓인 눈을 가만히 지켜보고 있노라면
저절로 마음이 따뜻해집니다.

즐거운 크리스마스를
준비해요

영국에서는 매년 크리스마스가 되면 예수의 탄생을 축하합니다. 언제부터 크리스마스가 시작되었을까요? 예수는 기원 12월 25일에 태어났다고 알려져 있습니다.

고대 로마 제국은 12월 17일부터 25일까지 '사투르날리아'라는 풍요를 기원하는 축제를 열었습니다. 그때를 예수의 생일로 정했습니다. 기독교를 포교하면서 민중들이 잘 받아들이도록 예부터 전해오는 풍습에 기독교 행사를 접목한 것이지요. 고대 로마에서는 연말에 유복한 사람들이 가난한 사람들에게 금품을 주고 신년에는 가족과 친구 사이에 선물을 교환하는 습관이 있었습니다. 이것이 지금은 크리스마스 선물을 교환하는 풍습으로 이어졌습니다.

북유럽에서는 매년 12월 21일에 동지 축제가 있습니다. 북유럽에 살고 있던 켈트 족과 바이킹 족은 숲에 있는 큰 나무를 베어 그 가지를 숲 광장

에서 태우면서 대자연의 신을 찬양했습니다. 사람들은 그 불을 12월 6일부터 약 한 달 동안 꺼트리지 않았는데, 불을 둘러싸고 앉아서 먹고 마시며 영웅 전설을 노래했습니다.

앵글로색슨족은 이를 '와세일링(wassailing)'이라고 부릅니다. '와세일(wassail)'은 건강을 의미합니다. 양념, 설탕, 구운 사과를 넣은 따뜻한 맥주를 큰 와세일 볼에 넣어 행운과 건강을 기원하며 다 같이 돌려서 마셨습니다. 이것이 나중에 크리스마스 핫 스파이스 와인이 되었어요. 또 그때 먹은 것은 말린 고기, 밀가루, 건살구, 사과, 양념이 들어간 죽이었습니다. 이 죽은 나중에 크리스마스 푸딩, 크리스마스 케이크로 발전했습니다. 장작불을 둘러싸고 노래하는 것은 캐롤이 되었지요.

고대 독일에서는 12월 21일 동지 축제 때 사냥물을 '생명의 나무'라 불리는 전나무에 매달아서 숲의 신에게 감사의 마음을 전했습니다. 기독교가 전파되면서 '생명의 나무' 꼭대기에는 예수가 탄생할 때에 나타났다고 하는 큰 별을 장식하게 되었어요. 또 사냥물은 나무로 만든 동물과 장식물로 바뀌었습니다. 이 나무는 훗날 크리스마스트리라고 불리게 되었죠.

크리스마스라는 이름은 기독교에 의해 11세기에 정식으로 발표되었습니다. 그전까지는 다양한 다른 이름으로 불렸습니다. 역사를 살펴보면 크리스마스는 고대 때부터 행해온 동지 축제와 깊은 관련이 있습니다. 그러니까 기독교만의 축제가 아닌 셈이죠. 우리들의 생명 유지에 필요한 먹거리와 주거지를 제공하는 지구와 태양에 감사하고 건강과 행복을 기원하는 축제인 것입니다.

오하라의 우리 집에서는 내가 어릴 적 보냈던 크리스마스를 그대로 재현합니다. 11월 중순이 되면 크리스마스 푸딩과 케이크 준비로 정신이 없습니다. 그리고 12월이 되면 근처 숲에 가서 전나무와 호랑가시나무 등 상록수 잎과 여러 가지 빨간 열매를 모아서 크리스마스트리와 캔들 홀더, 꽃장식, 리스 등 만듭니다. 이쯤 되면 기분은 벌써 크리스마스죠.

12월 24일에는 아이들이 산타클로스에게 쓴 편지를 넣은 큰 양말을 침대에 늘어뜨려 둡니다. 그리고 25일에는 아침부터 크리스마스 디너를 준비하지요. 로스트 칠면조를 주 메뉴로 로스트 포테이토, 진저 오렌지 캐럿, 베이비 양배추, 밤을 곁들입니다. 메인 코스는 매년 같아요. 디너가 끝나면 브랜디의 파란 불꽃이 멋진 크리스마스 푸딩을 먹습니다. 그런 다음에는 드디어 아이들이 기다리고 기다리던 선물 교환 시간입니다. 아주 즐겁고 떠들썩한 크리스마스 저녁이죠.

겨울이 오면
아이들과 함께 보낼
크리스마스 준비로 분주해요.
오래도록 기억에 남을
크리스마스를 만들어 주고 싶어서,
12월 내내 기쁜 마음으로
정성껏 음식을 만들고
아이들을 깜짝 놀라게 할 선물을 고민합니다.

허브는 여러모로
건강한 생활에 도움을 줘요

오하라 집 근처의 제방이나 야산에는 질경이, 삼백초, 이질풀, 자주쓴풀, 쑥과 같은 일본의 허브들이 자생하고 있습니다.

삼백초와 이질풀은 허브 티로 만들어요. 삼백초는 쓴맛이 나서 민트와 섞어서 마시고 이질풀로 만든 허브 티는 배가 아플 때 마십니다.

쑥은 케이크와 빵에 넣어서 사용합니다. 봄에 어린잎을 따서 삶은 다음 믹서로 갈아서 퓨레 상태로 만들어 작게 나눠서 냉동하지요. 쑥은 정화 작용이 있어 피로 회복과 꽃가루 알레르기에 잘 들고 욕조에 넣으면 습진과 요통에 효과가 있다고 합니다. 쑥 외에도 비파 잎, 모과, 귤, 유자를 욕조에 넣어서 목욕을 합니다.

여름에는 1년 동안 먹을 차조기 주스를 만들어요. 오하라의 특산물인 차조기절임의 재료인 차조기는 심지도 않았는데 알아서 여기저기 제멋대로 자라고 있습니다. 설에는 여러 종류의 약초가 들어간 도소(屠蘇, 1년 동안

즐겨 먹는 일곱 가지 채소. 미나리, 냉이, 떡쑥, 별꽃, 광대나물, 순무, 무.

의 나쁜 기운을 떨쳐내고 장수를 기원하며 설에 마시는 약술: 옮긴이) 술로 1년 동안의 무사, 무병을 기원합니다.

동네 어른들은 여기저기에 자생하고 있는 식물 중에서 먹을 수 있는 풀과 약초가 되는 식물에 대해서 가르쳐줍니다. 시골에 오래 살고 계시는 분들은 일본의 허브에 대해서도 지식이 정말 풍부해요. 매주 일요일에 열리는 아침 시장도 일본의 허브를 배우는 장소입니다. 그곳에서는 오하라에서 수확한 채소 외에도 근처 산에서 딴 감초, 두릅, 오갈피, 왕원추리 등의 산나물도 팔고 있어서 먹는 방법을 묻고 만들어 보기도 하죠. 또 그 식물을 기억해 두었다가 산책할 때 근처 야산에서 수확하기도 합니다.

산과 들나물 박사인 나카히가시 히사오 씨에 대해서는 꼭 얘기해 두고 싶습니다. 그는 산나물 요리로 유명한 요리점의 주인장입니다. 여기에서 산나물이 아니라 '산과 들의 나물'이라고 쓴 것은 누구나 알고 있는 감초나 두릅과 같은 일반적인 산나물만이 사용하는 요리가 아니기 때문입니다.

어느 날 튀김을 만들려고 보니 달걀이 없었습니다. 그래서 근처 양계장으로 사러 가는데, 웬 사내가 길 한쪽 구석에 웅크리고 앉아서 뭔가를 찾고 있는 것이었어요. 말을 걸어 보니 차이브를 닮은 식물을 내게 보여주며 "산달래를 찾고 있습니다. 야생의 파라고도 하죠."라고 대답했습니다. 나카히가시 히사오 씨와의 첫 만남이었지요.

얼마 후 나카히가시 씨의 가게에 갔습니다. 한 달 후까지 예약이 꽉 찬 가게여서 가고 싶다고 해서 언제든지 갈 수 있는 곳이 아닙니다. 나카히가시 씨의 요리는 살아 있었습니다. 정말 맛있었어요. 예술적이었고 그래서 감동을 했습니다. 무엇보다도 사람들이 잘 모르는 산과 들의 나물들이 그의 실력과 아이디어로 재탄생되는 마법에 놀랐습니다.

나카히가시 씨와 동네 어른들, 그리고 아침 시장에서 산나물을 파는 사람들은 내게 일본 허브 선생님들입니다. 그들은 그것을 허브라고 부르지 않습니다. 하지만 내게는 이름은 다르지만 허브입니다. 우리들 생활에 관련되어 무언가에 도움이 된다면 그 식물은 넓은 의미에서 허브라고 할 수 있어요.

장작 스토브 곁에서
따뜻한 겨울을 보내요

추운 겨울날 아침에는 이불 속에서 나오려면 정말로 용기가 필요합니다. 이불 속에서 손만 뻗어서 히터 스위치를 켜고 몇 십 초 동안 등유 타는 소리를 듣고 나서야 겨우 이불에서 나와 겉옷을 걸치고 두꺼운 울 양말을 신습니다.

창밖을 보면 눈이 내리고 있습니다. 주방에서 물이 다 끓을 때까지 창문 너머로 정원을 바라봅니다. 족제비 한 마리가 정원을 가로지르려고 하네요. 나와 눈이 딱 마주친 족제비는 재빠르게 동백나무 아래로 숨어버립니다.

진저 티를 많이 만들고 포트와 티 컵, 거기에 벌꿀을 바른 브라운 브레드를 쟁반에 담아서 2층 침실로 올라갑니다. 남편은 이렇게 차를 내올 때까지 따뜻한 이불 속에서 꼼짝도 하지 않습니다. 겨우 눈을 뜬 남편은 장작 스토브에 불을 피우기 위해 재를 치웁니다.

우리 집에는 장작을 사용하는 곳이 세 곳이나 있습니다. 주방 중앙에 있는 장작 스토브는 주방과 거실을 따뜻하게 합니다. 또 한 곳은 허브 크 래프트를 만들거나 목공 일을 하는 작업 공간에 있는 난로입니다. 마지막 한 곳은 목욕탕입니다. 우리 집 목욕물은 장작으로 데웁니다.

11월 말부터 3월까지 하루 종일 집에 있을 때는 눈뜨고 나서 눈 감기 전까지 주방의 장작 스토브에 불을 피웁니다. 이 장작 스토브는 두꺼운 주 물로 만든 것이라서 따뜻해지기까지 30분 정도 걸리지만 따뜻해지고 나면 공기가 부드럽게 바뀌면서 온 집 안이 훈훈해집니다.

겨울에는 매일 밤 장작 스토브 앞에서 불을 보면서 밥을 먹습니다. 스 토브의 창을 열어서 고기와 생선, 조개를 굽기도 해요. 장작불을 보고 있 으면 마음이 안정되고 장작이 타는 냄새도 좋습니다. 어떨 때는 허브 대나 삼나무 잎을 넣어서 향을 즐기기도 합니다. 또 불을 친구 삼아 와인을 마 시기도 하고요. 그럴 때 누군가 내 옆에 있으면 밤새도록 이야기가 하고 싶어집니다.

참으로 다행인 것이 숲으로 둘러싸인 오하라에서는 장작에 돈이 들지 않습니다. 그 대신에 체력이 필요합니다. 장작 모으기와 장작 패기는 남편 의 스트레스 해소거리예요. 오하라에서도 장작을 사용하는 집은 드문 편 입니다. 주변의 숲을 걸으면 장작이 될 만한 나무가 여기저기 잘려서 방치 되어 있습니다.

장작으로 데운 목욕물은 부드럽습니다. 그래서 몸속 깊은 곳까지 따뜻 해집니다. 일본의 목욕 문화는 고타츠(こたつ, 일본의 실내 난방 장치의 하나. 테 이블처럼 생긴 나무틀에 화로를 넣거나 전열 기구를 장착하고 그 위에 이불·포대기 등을

씌운 것: 옮긴이)와 함께 기막힌 에너지 활용 아이디어입니다.

영국은 공기가 건조하기 때문에 목욕보다는 샤워를 하는 편입니다. 목욕을 자주 하면 몸의 표피와 지방이 없어져서 감기에 걸리기 쉽다고 영국인들은 생각합니다. 영국의 서민들이 따뜻한 욕조에 들어가서 목욕을 하는 습관을 가지게 된 것은 18세기 말 이후예요. 그전까지는 1년에 한 번 정도 목욕을 했다고 하네요. 목욕을 할 때는 큰 나무통을 밖에 설치하고 뜨거운 물을 채워서 속옷을 입을 채로 들어갔습니다. 먼저 그 집의 주인과 안주인이 들어가고, 다음으로 아이들이 들어간 다음, 제일 마지막으로 하녀, 하인들이 들어갔습니다. 5월이나 6월의 따뜻한 날에 목욕을 해서 몸을 깨끗하게 한 뒤에 결혼식을 했기 때문에 준 브라이드(June bride, 6월의 신부)라는 말이 생겨났습니다.

외국에서 친구가 오면 장작으로 데우는 베네시아식 일본의 목욕 문화를 체험시키고 있습니다. 목욕을 한 후에 일본 스타일 실내복을 입고 장작 스토브에 닭꼬치를 구워 고타츠에 앉아서 먹습니다. 베네시아식 접대는 외국 친구들에게 잊을 수 없는 추억이 된답니다. 남편은 장작 패기도 시키자고 하지만 솔직히 그걸 하려는 친구가 별로 없답니다. 타다시, 미안해요!

장작 스토브 앞에 앉아서
따뜻한 물에 발을 담그고

타닥 타닥

장작 타는 소리를 듣고 있노라면
마음의 평화가 저절로 찾아옵니다.

마음이 담긴 초콜릿으로
행복한 밸런타인데이를 만들어요

밸런타인데이는 사랑하는 사람에게 자신의 마음을 전하는 날입니다. 평상시에는 좀처럼 표현하지 못했지만 이날만은 말이나 물건으로 애정을 표현할 수 있습니다. 밸런타인데이에 여성이 남성에게 마음을 전하는 관습을 가진 나라는 전 세계적으로 일본과 한국뿐입니다. 남녀 가릴 것 없이 이성에게 마음을 전달해도 될 텐데 말이죠.

밸런타인데이의 기원에 대해서는 몇 가지 설이 있습니다. 고대 로마에서 2월 14일에는 '루페르칼리아'라고 불리는 풍요와 다산의 축제의 전야제가 열렸습니다. 이날은 소중한 가축인 양과 소를 지켜달라는 기원을 담아서 산양과 개를 제물로 바쳤지요. 그리고 두 사람의 젊은이가 산양의 껍질로 만든 속옷만을 입고 도시를 뛰어다녔답니다. 축제 중에 미혼 남성이 뽑기로 미혼 여성을 선택해 축제를 함께 보내는 행사가 있었다고 하네요.

그로부터 몇 백 년이 지난 3세기 로마에서는 로마 왕 클라우디우스 2세

밸런타인 초콜릿 케이크로 사랑하는 가족들에게 마음을 전합니다.

from your

가 젊은이를 징병하기 위해 결혼을 금지했습니다. 이때 기독교 수도사인 발렌티누스는 황제의 명령을 거역하고 몰래 혼인성사를 집전했습니다. 또한 로마 제국에 체포된 기독교 순교자들도 구해냈지요. 그런 활동이 발각된 발렌티누스는 결국 투옥되었습니다. 감옥 속에서 그는 눈먼 간수의 딸을 만나 눈을 뜨게 만드는 기적을 행했습니다. 그녀에 대한 사랑과 정성이 눈을 뜨게 한 것이지요. 그는 270년 2월 14일에 처형당했는데, 그전에 간수의 딸에게 편지를 썼습니다. 그때 쓴 'From your Valentine'이라는 표현은 지금도 밸런타인데이의 전통으로 이어지고 있습니다.

지금까지도 밸런타인데이는 전 세계적으로 유명하지만 나라마다 관습이 다릅니다. 영국에서는 남성이 밸런타인 카드에 러브레터를 씁니다. 보내는 남성은 자신의 이름을 쓰지 않고 'From your Valentine'이라고 적습니다. 때문에 카드를 받은 여성은 누구에게 왔을까 하고 설레게 되죠.

프랑스에서는 남성과 여성 모두 서로에게 장미와 초콜릿 등을 선물로 보냅니다. 장미는 그리스 신화의 관능과 사랑의 신 에로스를 표현하는 꽃으로, 꽃말은 사랑과 아름다움입니다. 재미있게도 Rose(장미)와 eros(에로스)는 철자 순서만 다릅니다.

미국에서는 남성이 여성에게 장미를 선물하지만 정해진 방법은 없다고 합니다. 미국의 아이들은 학교에서 밸런타인 파티를 해요. 파티 전날까지 아이들은 선물을 받을 박스를 준비하고 직접 선물을 만들어 둡니다. 파티 당일에는 자신이 만든 카드와 러브레터, 초콜릿, 캔디 등을 좋아하는 아이의 상자에 넣습니다.

일본에서는 1936년에 고베의 초콜릿 숍 오너인 모로조후 씨가 밸런타인 초콜릿을 만들어 광고를 냈지만 별 반응이 없었다고 합니다. 여성이 남성에게 초콜릿을 선물한다는 풍습이 생긴 것은 1970년대 들어와서의 일이지요.

밸런타인데이가 되면 나는 남편과 아이들이 좋아하는 요리와 초콜릿 케이크를 만듭니다. 그리고 식탁을 아름다운 장미로 장식하고 초를 밝히면서 로맨틱한 밤을 보낼 준비를 합니다.

베네시아의 허브 레시피

핫 스파이시 와인
Christmas Hot Spice Wine

재료(10인분)

브랜디 100ml, 레드와인 ½병(375ml), 오렌지 슬라이스 ¼개, 레몬
슬라이스 ½개, 설탕 3큰술, 시나몬(알갱이) ¼작은술, 정향(알갱이)
¼작은술, 올스파이스(알갱이) ¼작은술, 육두구(알갱이) ¼작은술
* 양념은 알갱이가 없으면 가루도 괜찮다.

옛날 영국에서는 크리스마스 시즌이 되면 동네 아이들이 성가대를 만들어 골목골목을
돌았습니다. 성가대 소리가 점점 가까이 들려오면 가슴이 두근거렸죠. 성가대가 집 현
관 앞에서 2~3곡을 부르면 어머니는 아이들을 집 안으로 초대합니다. 그리고 따뜻한
방에서 핫 스파이스 와인과 민스파이를 대접했습니다. 영국에서는 추운 날 찾아오는
손님에게 이 와인을 내는 풍습이 있어요. 열두 살 때 나도 성가대에 참가하게 되었습
니다. 와인에 취해서 발갛게 달아오른 얼굴로 성가를 합창하면서 겨울밤 길을 걸었던
그때가 떠오릅니다.

1. 냄비에 모든 재료를 넣어서 끓지 않도록 약불에서 데운다.

2. 식기 전에 작은 잔에 따른다.

* 차가워지면 데워서 다시 낸다. 알코올을 약하게 하고 싶은 때는 오렌지 혹은 사과 주스를 섞는다.

슈톨렌
Stollen

재료(1덩어리)

우유 160ml, 설탕 40g, 드라이 이스트 2작은술, 밀가루 450g, 소금 ¼작은술, 버터 100g, 달걀 1개, 럼주 3큰술

재료 A

건포도 50g, 건포도 25g, 오렌지 필 설탕 절임(잘게 썰기) 40g, 아몬드(잘게 썰기) ½컵

완성 후에 뿌려줄 재료

설탕가루 3큰술, 시나몬 1작은술, 버터 2큰술

슈톨렌은 독일과 오스트리아에서 크리스마스 때 먹는 빵 과자입니다. 그 옛날 영국에서는 동지 때 먹던 건과일과 고기가 들어간 죽이 크리스마스 푸딩과 민스파이로 바뀌었듯이 독일에서는 슈톨렌이 되었습니다. 천에 싸인 아기 예수 모양을 하고 있어요.

1. 사람 체온 정도로 데운 우유, 설탕, 드라이 이스트를 섞어서 거품이 날 때까지 따뜻한 장소에 둔다.

2. 볼에 밀가루, 소금 1과 녹인 버터, 달걀, 럼주를 넣고 반죽한다.

3. 재료 A를 2에 넣고 다시 반죽한다.

4. 기름을 바른 볼에 반죽을 넣고 랩을 씌워 따뜻한 곳에 약 2시간 정도 발효시킨다.

5. 부풀어 오른 반죽을 대 위에서 다시 한 번 반죽하고 약 30cm×20cm의 직육면체로 만든다.

6. 두 번 접어서 오븐용 트레이에 놓고 20분 동안 따뜻한 곳에서 재운다.

7. 200℃ 오븐에서 25~30분 동안 굽는다.

8. 약간 식으면 녹인 버터를 위에 바르고 시나몬과 가루 설탕을 뿌린다. 금속망 위에 올려서 식힌다.

베네시아의 허브 레시피

크리스마스 푸딩
Christmas Pudding

재료(10인분)
사과(간 것) 50g, 밀가루 150g, 시나몬(가루) ½작은술, 육두구(가루) ¼작은술, 올스파이스(가루) ¼작은술, 소금 ½작은술, 빵가루 50g, 건포도 1½ 컵, 커런트 1컵, 대추야자(다진 것) 1/6컵, 황설탕 170g, 마가린 ½컵, 달걀 2개, 흑맥주 75ml, 브랜디 50ml, 몰라세스 슈거(진한 갈색의 흑설탕. 케이크나 초코쿠키 등을 구울 때 넣으면 풍부한 맛을 낸다: 옮긴이) ½큰술, 생크림 적당량

푸딩은 영국의 크리스마스 디너 마지막에 나오는 음식으로 약 5세기의 켈트 기독교 시대 전부터 이어져 내려오고 있는 대표적인 겨울 과자입니다. 푸른색 불에 휩싸인 이 과자는 태곳적 사람들의 성스런 불을 의미합니다. 과자를 잘라서 나눌 때까지 눈을 뗄 수 없죠. 푸딩의 밑바닥에는 동전이 숨겨져 있어서 그것을 발견한 사람에게 행운이 찾아온다는 말이 있습니다. 어린 시절 우리 형제들은 보물찾기하는 기분으로 이 과자를 먹었답니다.

1. 밀가루, 시나몬, 육두구, 올스파이스, 소금을 볼에 넣어서 섞는다.

2. 건포도, 커런트, 대추야자, 황설탕, 빵가루, 사과, 마가린을 넣어서 섞는다.

3. 2에 달걀, 흑맥주, 브랜디, 몰라세스 슈거를 넣어서 잘 섞은 다음 하룻밤 재운다.

4. 3을 1.5리터를 틀에 넣고 표면을 쿠킹시트로 덮고 얇은 면천으로 싸서 실로 묶는다. 약불로 갈색이 될 때까지 8~10시간 찐다. 가끔 찜기에 물을 보충한다.

5. 다 찌면 천과 쿠킹시트를 떼고 식힌다.

6. 5가 식으면 표면을 다시 쿠킹시트로 덮고 밀폐 가능한 캔에 넣어서 크리스마스까지 보존한다.

7. 먹기 전에 2시간 정도 쪄서 데운다. 틀에서 꺼내 푸딩의 밑바닥에 동전을 넣어 둔다. 동전은 알루미늄 호일로 싸면 좋다.

8. 휘핑크림을 곁들인다.

* 영국에서는 이 푸딩을 낼 때 작은 이벤트를 위해 방의 불을 끈다. 바로 불타는 푸딩! 푸딩에 브랜디를 1~2컵 뿌린 다음 성냥으로 불을 붙이면 푸딩이 파랗게 불타오르는 것 같다.

* 푸딩은 크리스마스 한 달 전에 만들어 맛을 숙성시킨다. 약 6개월간 보관 가능하며 먹을 때는 찜기로 데운다.

베네시아의 허브 레시피

전통 프루트케이크
Traditional Christmas Fruit Cake

재료(케이크용 틀 1개분 혹은 파운드케이크 틀 2개분)
밀가루 450g, 황설탕 250g,소금 2작은술, 베이킹파우더 2작은술, 시나몬(가루) 2작은술, 육두구(가루) 1작은술, 오렌지 주스 110ml, 브랜디 110ml, 식용유 220ml, 달걀(잘 푼다) 4개, 몰라세스 슈거 ¼컵, 건포도 3컵, 육두구(크게 다지기) 1컵, 레드 첼리(절반 자르기) 10개, 아몬드(크게 다지기) 1컵, 호두(크게 다지기) 2컵, 표면에 바르는 브랜디 약간

이것은 영국 전통 크리스마스 케이크입니다. 이 케이크는 보통 11월에 만들어 맛을 숙성시킵니다. 장기간 보관 가능하므로 크리스마스 전부터 새해까지 먹을 수 있습니다.

1. 볼에 밀가루, 황설탕, 소금, 베이킹파우더, 시나몬, 육두구를 넣어서 섞는다.

2. 1에 오렌지 주스, 브랜디, 식용유, 몰라세스 슈거를 추가해서 잘 섞고 달걀을 넣은 다음 다시 전체적으로 잘 섞는다.

3. 2에 건포도, 육두구, 레드첼리, 아몬드, 호두를 넣고 다시 섞는다.

4. 케이크 틀에 식용우를 바르고 3을 넣는다.

5. 오븐용 트레이에 물을 넣어서 그 위에 케이크 틀을 놓고 180℃로 예열한 오븐에서 약 2시간 굽는다(파운드케이크 틀의 경우에는 약 1시간). 물이 증발하지 않도록 가끔 오븐용 트레이에 물을 추가한다.

6. 케이크가 식으면 케이크 틀에서 꺼내서 브랜디를 뿌린다.

7. 면천으로 싸서 케이크 케이스에 넣어 크리스마스까지 보관한다.

8. 케이크의 표면에 가루 설탕을 뿌리고 호랑가시나무와 나무열매, 크리스마스 소품 등으로 장식한다.

로스트 칠면조, 베이비 양배추와 밤.
진저오렌지 캐럿, 로즈마리 로스트 포테이토로 차린
영국식 크리스마스 디너.

로스트 칠면조

Roast Turkey with Sage and Onion Stuffing

재료(6~8인분)

칠면조 1마리(5~6kg), 양파 1개, 정향(알갱이) 8개, 월계수 1장, 버터 50g, 베이컨 2~3장, 소금과 후추

칠면조 안에 넣을 소 재료

버터 40g, 양파(다진 것) 1개, 마늘(간 것) 1쪽, 포크햄(1cm로 대충 썰기) 100g, 빵가루 75g, 레몬(즙을 짜고 껍질은 간다) ½개, 세이지(신선한 것 혹은 건조한 것, 다진 잎) 3큰술, 달걀(잘 푼다) 1개, 소금과 후추 적당량

영국 가정에서는 매년 크리스마스에 로스트 칠면조를 만들어요. 칠면조를 굽기 전날 소를 넣어두고 크리스마스 디너가 시작하는 오후 1시경에 맞춰서 오븐에 넣습니다. 완성된 로스트 칠면조를 각자의 접시에 잘라 나누는 일은 가장의 역할입니다.

1. 맛국물을 만든다. 양파는 껍질을 까고 주위에 정향을 깊이 꽂아 둔다. 냄비에 물을 약 2리터 넣고 끓으면 칠면조의 목뼈와 간, 월계수, 정향+양파를 넣는다. 끓으면서 올라오는 거품은 그때그때 제거한다. 약불로 약 1시간 정도 끓인다.

2. 다음은 소를 만든다. 프라이팬에 버터를 녹이고 양파를 황금색이 될 때까지 볶는다.

3. 볼에 마늘, 빵가루, 레몬 껍질과 즙, 세이지, 달걀, 포크 햄을 넣어서 잘 섞은 다음 소금과 후추로 간을 한다.

4. 칠면조 바깥쪽과 안쪽을 키친타올로 잘 닦고 3의 소를 칠면조 배에 넣고 표면에 소금과 후추를 뿌린다. 오븐 트레이에 버터와 칠면조를 놓고 칠면조의 표면에 베이컨을 올린다.

5. 180℃로 예열한 오븐에서 약 3시간 굽는다. 타지 않도록 알루미늄 호일로 덮고 고기가 마르지 않도록 맛국물을 약 30분마다 한 국자씩 뿌린다.

6. 안까지 완전히 익기 직전에 알루미늄 호일을 떼서 20분간 구워서 표면이 갈색이 되도록 한다.

7. 큰 타원형 접시에 올려 자르기 쉽도록 약 30분 지나고 나서 얇게 슬라이스해서 나눈다. 그레이비 소스와 크랜베리 소스를 곁들여 낸다.

* 그레이비 소스는 소스용 냄비에 옥수수 전분 2큰술, 칠면조 육즙을 약 500ml를 넣고 걸쭉해질 때까지 가열하며 섞는다. 간장, 소금, 후추로 간을 한다.

* 칠면조가 없을 때는 닭을 사용해도 좋다.

* 신선한 크랜베리를 구하기 힘들므로 크랜베리 소스는 시판 제품을 사용하는 것이 일반적이다.

베이비 양배추와 밤
Baby Cabbage & Chestnuts

재료(6~8인분)
베이비 양배추 1kg, 버터 50g, 달콤하게 절인 밤(시판) 10개, 소금과 후추 적당량

1. 베이비 양배추는 꼼꼼하게 씻어서 바닥 쪽에 십자 모양 칼집을 넣는다.
2. 냄비에 물을 많이 넣고 끓이다가 소금을 넣는다. 베이비 양배추를 12~14분 동안 삶은 다음 물기를 뺀다.
3. 소스용 냄비를 가열하고 버터를 녹인 다음 2의 베이비 양배추와 밤을 넣어서 가볍게 섞고 소금과 후추로 간을 한다.

진저 오렌지 캐롯
Ginger Orange Carrots

재료(6~8인분)
당근(껍질을 벗기고 5mm로 얇게 저민 것) 1kg, 버터 50g, 생강(간 것) 1작은술, 과즙 100% 오렌지 주스 300ml, 파슬리(신선한 것을 다진다) 2큰술, 소금과 후추 적당량

1. 냄비에 얇게 저민 당근과 버터, 생강을 넣고 가볍게 볶아서 소금과 후추를 넣는다.
2. 1에 오렌지 주스를 넣어 15~20분간 당근이 부드러워질 때까지 약불에서 끓인다. 소금과 후추로 간을 한다. 물기 빼고 파슬리를 뿌린다.

로즈마리 로스트 포테이토
Rasemary roasted potatoes

재료(6~8인분)
감자(껍질을 벗기고 둘로 나눈다) 1.5kg, 버터 60g, 로즈마리(1포기 약 10cm, 신선한 잎을 잘게 다진다) 4포기, 소금 적당량

1. 냄비에 물을 넣고 끓인다. 소금을 넣고 감자를 삶는다.
2. 오븐용 트레이에 1의 감자를 넣고 녹은 버터, 로즈마리, 소금을 뿌린다.
3. 190℃로 예열한 오븐에 넣고 표면이 바삭해질 때까지 30분 정도 굽는다. 도중에 뒤집어서 양면을 굽는다.

커즌 가족의
크리스마스 캔들 장식

Curzon Christmas Candle Decoration

재료

바스켓(오아시스가 들어 있는 것) 1개, 알루미늄 접시 1개, 10cm 오아시스 1개, 초(빨간색 혹은 금색의 긴 것) 1개, 솔방울 3개, 철사 적당량, 빨간색 열매가 달린 나뭇가지(호랑가시나무, 남천, 죽절초 등) 적당량, 상록침엽수의 잔가지(소나무, 전나무, 삼목, 노송 등) 적당량, 장식품 2~3개

어머니 집안, 커즌 가족은 크리스마스이브 저녁이면 모든 방에 촛불을 켭니다. 매년 12월이 되면 어머니와 형제들과 함께 크리스마스 캔들 장식을 많이 만들었습니다. 재료는 근처 숲에서 주운 전나무나 소나무 등 상록수의 잎과 호랑가시나무 등의 빨간색 열매, 솔방울이었습니다.

1. 솔방울을 금색과 은색 스프레이로 색을 칠하고 오아시스에 꽂기 위해 철사를 단다.

2. 바구니 속에 알루미늄 접시를 넣고 그곳에 물을 잔뜩 먹은 오아시스를 붙인다.

3. 오아시스에 초를 꽂는다. 주위를 빨간 열매가 달린 가지와 상록침엽수의 잔가지, 1의 솔방울, 장식품으로 장식한다.

* 식물의 잔가지가 시들지 않도록 마르면 오아시스에 물을 먹인다.

베네시아의 허브 레시피

크리스마스 허브 리스

Christmas Herb Wreath

재료

나무젓가락 1개, 오아시스 2블록, 리스용 금속망 1m, 철사 적당량, 로즈마리 가지(10cm 이상) 30개, 타임 가지(약 7cm) 6개, 라피아(장식 끈) 적당량, 붉은 고추 6개, 시나몬 스틱 4개, 월계수 가지 잎(약 10cm) 6개, 녹색 혹은 금색 리본 적당량, 붉은색 열매가 달린 남천 등의 가지 적당량

크리스마스 리스의 동그란 모양은 영원과 불사를 의미하며 상록수는 장수와 불사를 의미합니다. 그래서 상록수로 리스를 만들게 되었고 종교적인 의식과 장식에 사용되었습니다. 현재의 크리스마스 리스는 19세기에 북유럽에서 시작된 것으로 녹색은 생명, 빨간색은 예수의 피를 의미합니다. 이 리스에 쓰인 허브는 나중에 그대로 요리용으로도 사용할 수 있습니다.

1. 오아시스를 물에 적셔서 약 3cm × 3cm × 14cm로 자르고 정육면체를 7개 준비한다.
2. 1의 오아시스를 와이어로 싸서 원형으로 형태를 잡는다.
3. 나무젓가락을 바닥과 위에 넣고 철사로 묶어 매달기 위한 고리를 철사로 만든다.
4. 로즈마리를 리스 주변에 꽂고 라피아를 써서 타임과 시나몬을 다발로 2개 만든다. 리스에 단다.
5. 남은 것을 오아시스에 꽂고 리본으로 장식한다.

라벤더와 홉 쿠션
Lavender Hop Herb Cushion

재료(6~8인분)

천, 면, 레이스 혹은 리본, 각 적당량, 라벤더 에센셜 오일 몇 방울, 홉 봉오리(건조한 것)와 말린 라벤더 꽃

매년 여름이 되면 우리 집 테라스에는 홉 덩굴 그늘이 생깁니다. 홉의 옅은 녹색 봉오리를 따서 말린 다음 쿠션으로 만듭니다. 홉의 봉오리는 가볍지만 부피감이 있어 쿠션 속으로 제격입니다. 라벤더처럼 릴렉스 효과가 있는 허브입니다.

1. 큰 용기에 홉 2, 라벤더 1의 비율로 넣어서 섞고 라벤더 에센셜 오일을 떨어뜨린다.

2. 좋아하는 사이즈의 쿠션 커버를 천으로 만들고 면과 1을 동량의 비율로 안에 꽉 채운다.

3. 속 내용물이 나오지 않도록 잘 박고 레이스나 리본으로 장식한다.

* 홉이 없는 경우에는 페퍼민트, 레몬밤, 센티드제라늄, 타임, 마조람, 베르가못, 레몬버베나 같은 향기가 좋은 허브를 넣어도 좋다.

월계수와 정향 냄비받침
Aromatic Hot Mat

재료

두꺼운 면 (약 25cm × 45cm) 1장, 리본(20cm) 1개, 자수용 실 적당량, 월계수 잎 1컵, 정향(알갱이) 1큰술

이 냄비받침 위에 뜨거운 수프나 스튜 냄비를 올리면 월계수와 정향의 좋은 향이 나요.

1. 면을 한 번 접어서 사방 20cm의 주머니를 만든다.

2. 월계수와 정향을 가볍게 절구로 갈아서 향기나기 쉽도록 한다.

3. 2를 1에 넣어 박아서 닫는다.

4. 냄비 받침을 걸 수 있도록 끝부분에 리본을 단다.

5. 자수용 실을 비틀어서 만든 끈을 냄비 받침의 중심으로 통과시켜 장식 매듭을 짓는다. 이 매듭이 있으면 속 내용물이 한쪽으로 쏠리지 않는다.

포맨더
Pomander

재료

오렌지(혹은 라임) 1개, 정향(알갱이) 50g, 독일 붓꽃(가루) 4큰술, 시나몬(가루) 1작은술, 올스파이스(가루) 1작은술, 리본(빨강 혹은 녹색) 적당량, 대나무 꼬치(혹은 이쑤시개), 셀로판테이프

쓰레기 처리나 하수 등의 설비가 정비되지 않았던 중세 유럽에서는 거리에 악취가 대단했다고 합니다. 그래서 포맨더나 향기 주머니를 코에 대고 거리를 걸었다고 해요. 시대가 흘러서 오늘날 포맨더는 크리스마스 선물이 되었습니다. 벌레 퇴치와 탈취 효과가 있으므로 옷장에 넣어서 사용합니다.

1. 오렌지 겉 표면을 닦고 십자로 셀로판테이프를 감는다.
2. 오렌지 껍질에 정향을 꽂는다(셀로판테이프를 붙이지 않은 부분에 꽂지만 꽂기 어려운 경우는 먼저 대나무 꼬치로 구멍을 뚫고 거기에 끼운다. 오렌지가 건조하면 구멍이 약간 좁아지므로 어느 정도 간격을 벌린다).
3. 2를 독일 붓꽃, 시나몬, 올스파이스를 섞어 놓은 접시 위로 굴려서 향신료 가루를 묻힌다.
4. 종이봉투에 3의 오렌지를 넣고 바람이 잘 드는 곳에 2주일 동안 매달아 둔다.
5. 봉투에서 4를 꺼내서 가볍게 흔들어 가루를 떨어뜨리고 셀로판테이프를 떼서 그곳에 리본을 두른다.

토마토 허브 나베
Tomato Herb Nabe

재료(4인분)

어패류(오징어, 대구, 새우, 연어, 홍합, 조개 등) 적당량, 찌개에 어울리는 채소(배추, 파, 표고버섯, 두부 등) 적당량, 펜넬, 코리앤더, 파슬리(신선한 것, 가지 잎을 대충 다진다) 각 적당량, 바질(신선한 것, 가지 잎) 적당량, 토마토 캔(혹은 토마토 2개) 1개, 토마토 퓨레 1~2큰술, 사프란 1작은술, 화이트 와인 3컵, 물 2컵, 마늘 (다진 것) 4쪽, 올리브 오일 3큰술, 소금과 후추 적당량, 파르메산 치즈 적당량, 삶은 스파게티 4인분

겨울에는 나베 요리(나베는 찌개와 비슷한 일본 요리로, 여러 가지 재료를 넣어서 끓인 다음 다 같이 먹는다: 옮긴이)를 많이 합니다. 어느 날 아들 유진이 친구 집에서 저녁을 먹고 돌아오더니 "엄청 맛있는 토마토 나베를 먹었어요!"라고 말하는 거예요. 질 수 있나요? 그래서 부아베스(프랑스 전통 음식으로 해산물 수프의 일종: 옮긴이)와 일본의 찌개를 접목시킨 새로운 허브 나베를 만들었습니다.

1. 채소와 두부, 어패류를 손질해서 먹기 좋은 크기로 잘라서 큰 접시에 담는다.

2. 프라이팬으로 마늘을 가볍게 볶는다.

3. 냄비에 2의 마늘, 올리브 오일, 화이트 와인, 물, 소금과 후추, 사프란, 토마토 캔, 토마토 퓨레를 넣어서 끓인다.

4. 고기, 생선, 두부, 채소를 넣고 뚜껑을 덮는다.

5. 재료가 다 익으면 허브를 넣어서 각자 접시에 덜어서 먹는다.

6. 마지막으로 스파게티를 넣어 파르메산 치즈를 뿌린다. 필요에 따라서 와인과 물을 추가해도 좋다.

별꽃과 파슬리와 연어의 딥
Chickweed & Parsley Smoked Salmon Dip

재료

별꽃(신선한 것, 잎을 대충 다진다) 25g, 파슬리나 딜(신선한 것, 잎을 대충 다진다) 25g

훈제 연어(대충 다진다) 3조각, 코티지 치즈(크림치즈) 225g, 마요네즈 2큰술, 소금과 후추 적당량

당근, 셀러리, 오이 스틱에 어울리는 딥입니다. 아이들에게 비타민이 가득 함유된 신선한 채소를 먹이고 싶을 때 아주 좋습니다. 봄의 채소 중 하나인 별꽃은 비타민 A, B, C, 미네랄이 함유되어 있습니다. 초봄에 길바닥이나 풀밭에서 어린잎을 발견할 수 있습니다. 샐러드에도 잘 어울립니다.

1. 볼에 모든 재료를 넣고 섞는다. 소금과 후추로 간을 간다.

2. 신선한 채소를 곁들인다.

핫 토디
Hot Toddy

재료(1인분)

위스키 ½컵, 레몬 슬라이스 1장, 벌꿀 1작은술, 정향(알갱이) 5~6개, 물 ½컵

토디란 위스키나 브랜디 등의 강한 알코올에 뜨거운 물과 설탕이나 벌꿀, 향신료를 넣은 음료수입니다. 일본에서는 감기에 걸렸을 때 타마고 사케(달걀, 일본술, 설탕을 섞은 알코올 음료: 옮긴이)를 마시듯 영국에서는 핫 토디를 마십니다. 정향은 몸을 따뜻하게 하고 소화를 도우며, 레몬과 벌꿀은 몸의 면역력을 높인다고 합니다.

1. 냄비에 물과 벌꿀을 넣고 끓인다. 끓으면 위스키를 넣고 바로 불을 끈다.
2. 레몬 슬라이스에 정향을 꽂는다.
3. 잔에 1과 2를 넣고 낸다.

현미와 허브 너트 로프
Brown Rice, Herb & Nut Loaf

재료(6인분)

버터 3큰술, 호두 150g, 캐슈너트 70g, 양파(다진 것) 1개, 마늘(다진 것) 3쪽, 표고버섯(다진 것) ½컵, 현미밥 1½컵, 달걀 4개, 코티지 치즈 1컵, 마리보 치즈(간 것) ½컵, 소금 1작은술, 후추 ½작은술, 파슬리(신선한 것 혹은 건조한 것, 다진 가지 잎) 2큰술, 마조람, 타임(신선한 것 혹은 건조한 것, 다진 가지 잎) 각 1큰술, 세이지(신선한 것 혹은 건조한 것, 다진 가지 잎) 1작은술

1960년대 유럽에서는 고기를 먹지 않고 채소와 전립곡물을 먹자는 채식주의가 젊은 이들 사이에 유행이었습니다. 당시 런던에 살고 있던 나는 근처에 있는 자연식 가게에 자주 갔습니다. 맛있고 건강에 좋은 너트 로프는 그 레스토랑에서 배웠어요. 채식주의 자인 큰딸 사치아가 좋아하는 요리입니다.

1. 너트 종류를 프라이팬에 볶고 나서 대충 다진다.

2. 마늘, 양파, 표고버섯을 버터로 볶는다.

3. 볼에 현미밥, 1과 2, 허브, 치즈를 넣어서 섞는다.

4. 3에 달걀을 잘 풀어서 넣고 소금과 후추로 간을 한다.

5. 기름을 바른 로프 틀에 4를 넣고 200℃로 예열한 오븐에서 1시간 굽는다. 처음에는 알루미늄 호일로 표면을 덮어 둔다.

6. 로프 틀에서 꺼내 식힌 다음 잘라서 나눈다. 매시 포테이토와 익힌 녹색 채소를 곁들인다. 그레이비 소스를 뿌려서 먹어도 맛있다.

로즈마리와 표고버섯 샐러드
Rosemary Shiitake Salad

재료(4인분)

마리네이드용 재료
엑스트라 버진 올리브 오일 3큰술, 유자 혹은 레몬 즙 1½큰술, 소금 약간, 로즈마리(신선한 것을 다진다) 2큰술, 간장 ½작은술, 황설탕 ½작은술, 참기름 적당량

샐러드 주 재료
표고버섯(5mm 얇게 저민 것) 8개

오하라의 아침 시장에서는 1년 내내 신선한 표고버섯을 파는 가게가 있습니다. 그래서 우리 집 냉장고에는 늘 표고버섯이 들어 있습니다. 이 샐러드는 프랑스 요리의 양송이 전채 요리에서 힌트를 얻어서 만든 것입니다. 금방 할 수 있어서 손님이 갑자기 찾아왔을 때 편리한 요리지요.

1. 볼에 마리네이드 재료를 넣고 잘 섞는다.
2. 프라이팬에 참기름을 깔고 표고버섯을 가볍게 볶는다.
3. 표고버섯을 1로 무치고 30분 정도 놔두었다가 간이 배면 꺼낸다.

세이지와 오렌지 풍미의 돼지고기 안심

Pork Fillet with Sage and Orange

재료(4인분)

돼지고기 안심(덩어리) 약 400g ,버터 20g, 화이트 와인 ¼컵, 치킨 맛국물 ¾컵, 마늘(다진 것) 2쪽, 오렌지(껍질은 갈고, 즙은 짠다) 1개, 세이지(신선한 것을 다진다) 4장, 옥수수 전분 2작은술, 소금과 후추 적당량

장식용 재료

오렌지(빗 모양 4개) ½개, 세이지(신선한 것, 잎) 4장

돼지고기에 세이지 향과 오렌지의 산미가 잘 어울립니다. 세이지는 돼지고기의 누린 내를 제거하고 소화를 촉진시킵니다. 독특한 유럽 스타일 요리라 손님들에게 인기 있는 메뉴랍니다.

1. 돼지고기 안심은 자르지 않고 덩어리째로 사용한다. 먼저 소금과 후추로 밑간을 하고 5분 정도 재운다.

2. 프라이팬에 버터와 마늘을 넣고 약불에서 가볍게 볶는다.

3. 2의 프라이팬에 돼지고기 덩어리를 넣고 센불에서 전체적으로 표면을 굽는다.

4. 3에 화이트 와인, 치킨 맛국물, 오렌지 껍질, 세이지, 오렌지 즙 반 컵을 넣어 끓으면 불을 약하게 하고 20분 동안 뚜껑을 덮고 조린다.

5. 프라이팬에서 돼지고기를 꺼내서 소금과 후추로 소스 간을 하고 남은 오렌지 즙으로 녹인 옥수수 전분을 넣어서 걸쭉하게 만든다.

6. 고기를 1cm 두께로 썰고 접시에 담아 소스를 뿌린 다음 오렌지와 세이지 잎으로 장식한다.

월계수 커스터드푸딩
Sweet Bay Leaf Custard

재료(4인분)

우유 450ml, 월계수(건조한 것) 4장, 설탕 30g, 달걀 3개

월계수는 스튜와 수프 등 장시간 끓이는 요리에 사용하는 것이 일반적이지만, 우유를 사용한 수프나 푸딩과 같은 디저트에도 잘 어울립니다. 식혀서 조린 과일이나 생크림을 곁들이면 더 맛있어요. 월계수만이 아니라 레몬버베나, 레몬밤, 센트 제라늄을 넣으면 또 다른 풍미를 즐길 수 있습니다.

1. 냄비에 우유와 월계수를 넣고 가열한다. 끓기 바로 직전에 불을 끄고 10분 동안 둔다.
2. 볼에 달걀과 설탕을 넣고 하얗게 부풀어 오를 때까지 거품을 낸다.
3. 1의 우유를 걸러서 2의 볼에 넣고 섞는다.
4. 3을 걸러서 푸딩 틀에 나누어 담고 뜨거운 물을 2.5cm 정도 넣은 오븐용 트레이에 나열한다.
5. 160℃로 예열한 오븐에서 약 1시간 굽는다.
6. 오븐에서 꺼내서 냉장고에서 식힌다.

초콜릿 민트 쿠키
Chocolate Mint Cookies

재료(25개분)

코코아 3큰술, 밀가루 175g, 베이킹파우더 1.5작은술, 소금 약간, 버터 혹은 카놀라유가 함유된 마가린 100g, 황설탕 4큰술, 물 1큰술, 달걀 1개, 민트시럽 3큰술, 민트(신선한 것을 다진다) 1컵

큰딸 사치아가 어렸을 때 늘 바빴지만 간식만큼은 신경을 썼습니다. 그래서 여러 가지 쿠키를 굽기도 했죠. 막내 유진에게 그때 얘기를 하면 자기도 먹고 싶다며 만들어 달라고 졸라요. 영국에서는 디너파티의 마지막 커피 타임에 반드시 민트 초콜릿이 나옵니다. 그 맛이 그리워서 구워봤습니다.

1. 볼에 밀가루, 베이킹파우더, 소금을 뿌리고 섞는다.

2. 냄비에 코코아, 황설탕, 버터, 민트시럽 3큰술, 물을 넣고 약불로 녹인 다음 식힌다.

3. 1의 볼에 2와 달걀과 민트를 넣고 섞는다.

4. 오븐용 트레이에 베이킹 페이퍼를 깐다.

5. 3의 쿠키 반죽을 숟가락으로 떠서 모양을 4의 위에 올리면서 모양을 정리한다.

6. 200℃로 예열된 오븐에서 12~15분간 굽는다.

* 민트는 스피어민트, 페퍼민트, 오렌지민트, 블랙민트가 좋다.

민트 제라늄과 초콜릿 케이크
Mint Geranium Chocolate Cake

재료(파운드틀 2개분 혹은 둥근 틀 1개분)

코코아 6큰술, 우유 90cc, 버터 300g, 황설탕 325g, 달걀 6개, 밀가루 420g, 베이킹파우더 3작은술, 민트 제라늄(신선한 잎) 6장, 식용유 약간

부드러운 벨벳 같은 감촉이 특징인 민트 제라늄 잎이 케이크에 민트 향을 더합니다.

1. 밀가루와 베이킹파우더를 체로 친다.

2. 냄비에 우유와 코코아를 넣어서 약불로 가열하고 코코아가 녹으면 식힌다.

3. 볼에 버터와 황설탕을 넣고 크림 상태가 될 때까지 섞는다.

4. 거품을 낸 달걀과 2를 3에 추가로 섞는다.

5. 1을 4에 넣고 잘 섞는다.

6. 케이크 틀의 안쪽에 식용유를 바르고 제라늄 잎을 케이크 틀의 바닥에 나열한다(부드러운 털이 있는 면을 아래로 향하게 한다).

7. 180℃로 예열한 오븐으로 40~50분간 굽는다(둥근 케이크 틀의 경우는 1시간).

8. 휘핑크림을 곁들이고 작은 민트 제라늄 꽃으로 장식한다.

족욕으로재기는 겨울건강

| 머스터드 배스 | 영국 전통 머스터드 배스는 추운 겨울에 꽁꽁 언 몸을 따뜻하게 풀어주고 감기를 예방하는 효과가 있습니다. 가을이 깊어지고 차가운 바람이 불기 시작하면 감기에 잘 걸리는 유진에게 이 족욕을 꼭 시킵니다. 머스터드 배스에 발을 담그면 몸이 따뜻해집니다. |

머스터드 배스

영국 전통 머스터드 배스는 추운 겨울에 꽁꽁 언 몸을 따뜻하게 풀어주고 감기를 예방하는 효과가 있습니다. 가을이 깊어지고 차가운 바람이 불기 시작하면 감기에 잘 걸리는 유진에게 이 족욕을 꼭 시킵니다. 머스터드 배스에 발을 담그면 몸이 따뜻해집니다.

재료

뜨거운 물이 담긴 세숫대야, 머스터드 파우더 1큰술

1. 약 40℃ 되는 뜨거운 물에 머스터드 파우더를 넣는다.
2. 10~15분 동안 발을 담그고 휴식을 취한다.

티트리 족욕

하루 종일 서 있었다면 이 족욕을 권합니다. 오스트레일리아의 원주민들은 장시간 걷거나 다리에 상처가 생기면 티트리를 사용했다고 합니다. 티트리는 상처와 화상, 무좀에 좋습니다. 라벤더 오일은 피로 회복에 효과적이며, 시트로넬라 오일과 레몬그라스는 땀이 난 다리를 풀어 주고 냄새를 제거합니다.

재료

티트리 에센셜 오일 4방울, 라벤더와 시트로넬라 에센셜 오일 각 2방울, 레몬그라스와 레몬밤(신선한 것 혹은 건조한 것) 각 25g, 뜨거운 물이 담긴 세숫대야

1. 약 40℃ 되는 물에 에센셜 오일과 허브를 넣는다.
2. 10~15분간 다리를 담근다.

추운 겨울을 대비해 처마 밑에는 언제나 장작더미가 그득합니다.

봄·여름·가을·겨울 이렇게 멋진 날들

초판 1쇄 인쇄 2013년 12월 1일
초판 1쇄 발행 2013년 12월 10일

지은이 베네시아 스탠리 스미스   찍은이 카지야마 타다시   옮긴이 이은정
펴낸이 김종길
펴낸 곳 인디고

책임편집 이은지
편집 임현주, 이은지, 이경숙, 홍다휘
디자인 정현주, 박경은
마케팅 김재룡, 박용철
홍보 윤수연
관리 이현아

출판등록 1998년 12월 30일 제7-186호
주소 (132-898) 서울시 마포구 서교동 395-151 대흥빌딩 4층
전화 (02)998-7030   팩스 (02)998-7924
이메일 bookmaster@geuldam.com   페이스북 www.facebook.com/geuldam4u
블로그 http://blog.naver.com/geuldam4u

ISBN 978-89-92632-75-1 03830
책값은 뒤표지에 있습니다.
잘못된 책은 바꾸어 드립니다.

이 도서의 국립중앙도서관 출판시도서목록(CIP)은 e-CIP홈페이지(http://www.nl.go.kr/ecip)와 국가자료공동목록시
스템(http://www.nl.go.kr/kolisnet)에서 이용하실 수 있습니다. (CIP 제어번호 : CIP2013024112)

글담에서는 참신한 발상, 따뜻한 시선을 가진 기획 아이디어와 원고를 기다리고 있습니다. 작품 혹은 기획안을 한글이나 MS Word 파일로
작성하여 이메일로 보내주시기 바랍니다. 출간 가능성이 있는 작품에 대해서 개별적으로 연락을 드립니다.